Olaf Nägele

Ha noi Express

OLAF NÄGELE

Ha noi Express

Heitere Ausflüge in den schwäbischen Alltag

Silberburg-Verlag

Olaf Nägele ist 1963 in Esslingen geboren und hat nach langjährigen Aufenthalten in Hochdorf (bei Kirchheim unter Teck), München, Stuttgart und Hamburg den Weg in seine Heimatstadt zurückgefunden. Auf den Streifzügen durch die engen Gassen seiner kleinen Stadt lässt er sich von seinen Mitmenschen zu humorigen Geschichten inspirieren. Ansonsten feilt der studierte Kommunikationswirt an PR- und Werbetexten für seine Auftraggeber und verfasst als freier Journalist Artikel unter anderem für das Feuilleton einer lokalen Zeitung. Neben Beiträgen in Anthologien und Hörspielen für den SWR erschien von ihm in 2007 die Kurzgeschichtensammlung „Maultaschi Goreng“ im Silberburg-Verlag, Tübingen.

2. Auflage 2011

Umschlaggestaltung:
Uli Gleis, Tübingen.

Druck:
Bercker Graphischer Betrieb, Kevelaer.
Printed in Germany.

ISBN 978-3-87407-806-1

Inhaltsverzeichnis

Schraidle ermittelt: Kollegen unter sich

Eigentlich wollte ich nur nach Hause. Schnell, bequem, ohne Umwege. Der Tag war lang gewesen, überfüllt mit zeitraubenden Besprechungen, erbärmlichen Brainstorming-Runden und der üblichen Hektik, um Konzepte sowie Texte fertig zu stellen, die am nächsten Tag wieder über den Haufen geworfen wurden. Den »krönenden« Abschluss bildete eine Geburtstagsfeier eines Stadtoberen im Rathaus, zu der ich zwar nicht eingeladen, aber aus Gefälligkeit einer Kollegin gegenüber mitgekommen war. Kaum hatten wir die Schwelle überschritten und unsere Mäntel in der Garderobe abgegeben, entdeckte sie einen alten Bekannten und ließ mich stehen. An diesem Abend sollte ich sie nicht wiedersehen. Kein Mensch interessierte sich für mich, der Sekt war warm und die Häppchen längst verzehrt, als ich das Buffet erreichte. Nach etwa einer Stunde verließ ich das Fest, trat vor die Tür, nahm ein paar tiefe Atemzüge der würzigen Herbstluft und hätte sie sicherlich mehr genossen, wenn es nicht in Strömen geregnet hätte. Zum Glück hatten sich einige Taxis vor dem Gebäude postiert und so zögerte ich nicht lange und stieg in das erste Fahrzeug der Kolonne ein.

Ein kleiner, untersetzter, älterer Herr saß hinter dem Steuer und quittierte meine Ankunft mit einem freundlichen Lächeln. Er hatte eine für die Berufsgattung typische Schiebermütze auf dem Kopf, ein wenig zu groß vielleicht, aber sie verlieh ihm eine gewisse Eleganz. Ich nannte ihm meine Adresse, er nickte, startete den Wagen und fuhr los. Wir rollten durch die Nacht und ich freute mich, in meinem Chauffeur offensichtlich einen Vertreter der schweigenden Spezies erwischt zu haben. Im ungünstigsten Fall, und da spreche ich aus leidvoller Erfahrung, werden solche Situationen, in denen man den Droschkenlenkern schutzlos ausgeliefert ist, ausgenützt. Da werden Vorträge über die Entwicklung des Wetters in Mitteleuropa seit 1817 gehalten. Oder es wird über den Zusammenhang von Verkehrsfluss, roten Ampeln und Demokratieverständnis referiert. Taxifahrer wissen solche Dinge. Sie wissen auch, wie die Wirtschaft in Schwung zu bringen ist, was man mit Politikern tun sollte, die ihre Wahlversprechen nicht einhalten, und wie der ansässige Fußballverein zu den Ehren gelangen könnte, die er in den frühen 60ern fast erreicht hätte, wäre er nicht im DFB-Pokal am niedersächsischen Kreisligisten Brigitta Steimbke gescheitert. Taxifahrer haben in allen Lebenssituationen den vollen Durchblick. Sie sind ein Sammelsurium an wichtigen Informationen, sie stecken voller Kreativität und Philosophie und es ist wahrscheinlich nur den unterschiedlichen Dienstplänen geschuldet, dass sie sich noch nicht organisieren konnten, um eine Partei zu gründen, die sämtliche festgefahrene Karren dieser Welt aus dem Dreck zieht.

Der Herr, der mich durch die Nacht lenkte, gehörte offensichtlich nicht zu den Weltverbesserern. Dachte ich. Ganze fünfhundert Meter lang schwieg er beharrlich, doch als ich mich mit einem Seitenblick davon überzeugen wollte, ob er noch wach war, erkannte ich, dass er mich beobachtete. Dies war der Startschuss einer unheilvollen Beziehung.

»War's net sche auf'm Feschdle vom Herr Stadtrat?«, fragte er mich. »I moin bloß, weil Sie so früh ganget.«

»Doch, doch«, versicherte ich ihm. »Aber ich muss morgen früh raus.«

Er richtete den Blick wieder auf die Straße und nickte.

»Was schaffet Se denn, wenn i frage derf?«, hakte er nach.

Ich hatte keine Lust auf eine lange Erklärung und so fiel meine Antwort mit »Ich schreibe« recht knapp aus.

»No sen Sie an Schurnalist?«

Aus Bequemlichkeit bejahte ich.

»Ha, dann sem mir ja Kollega!«, rief er erfreut. Seine Begeisterung flutete in hohen Wellen heran, als er mir aufzählte, dass er als Stau- und Wettermelder für den Rundfunk tätig sei, früher habe er auch die Öffnungszeiten der Taubenschläge durchgegeben, aber dafür interessiere sich niemand mehr. Außerdem schreibe er regelmäßig für das Briefmarkensammler-Fachblatt »Die Zacke« und gebe auch die Vereinsschrift der »Philatelisten-Power Mittlerer Neckar« heraus, deren zweiter Vorsitzender er war.

»Die erscheint oimol im Quartal. Ond wissat Se, wie die Zeidung hoißt? Ha noi Express hoißt die. Genau wie mei Audo« Er lachte laut und kehlig und wollte sich gar nicht mehr beruhigen. Er schlug auf das Lenkrad ein, boxte mich gegen die Schulter und füllte den Innenraum mit seinem Frohsinn, dass ich ein Fenster öffnen musste, um nicht zu ersticken.

»Ha noi Express, des isch doch sauglatt, oder?«

Er wischte sich eine Träne aus dem linken Auge, gluckste noch einmal trocken und wurde wieder ernst.

»Mei Audo hoißt so, weil i so oft ›Ha noi‹ sag. Behauptet meine Kollega. Dabei isch des gar net wohr.« Er sandte mir ein Lächeln, das ich verkrampft erwiderte.

»Außerdem fahr i Taxi. I ben also an rasender Reporter.«

Er ließ eine neue Lachsalve folgen. Ich rutschte tiefer in meinen Sitz und wünschte mir ein schnelles Ende der Fahrt herbei. Kurt-Eberhard Schraidle wiederum, so der Name meines selbst ernannten Kollegen, verfing sich in seiner eigenen Biografie und ließ mich an seinen literarischen und journalistischen Erfolgen teilhaben. Die »Bäckerblume« habe schon einmal ein Hefezopf-Rezept von ihm abgedruckt, die Apothekerzeitschrift habe er mit seiner Hämorrhoiden-Leidensgeschichte beglückt und sein satirisches Essay »Lieber ein Tiger im Tank statt Ratten im Keller« habe beim ADAC-Literatur-Wettbewerb den dritten Platz belegt. Lediglich die Lokalzeitung verschmähe seine Dienste, obwohl er sie oft genug angepriesen und als eifriger Leserbriefschreiber seine Kompetenz unter Beweis gestellt hatte. Hier tappte ich in die erste Falle. Nachdem er vernahm, dass ich hin und wieder für das Lokalblatt arbeitete, entging ich nur knapp seinem Heiratsantrag.

»Des isch ja subbr«, rief er erfreut. »No arbeita mr ab jetzt zsamma.«

Und schon prasselten seine Ideen für Reportagen, Artikel und Kommentare auf mich hernieder, die es seines Erachtens unbedingt zu vertiefen galt. Mein Einwand, dass ich als freier Mitarbeiter nur marginal an der Themenauswahl mitwirken könne, stieß auf taube Ohren.

»Mir boide zeigat denne mol, was inweschdikarikativer Schurnalismus isch«, meinte er, als er mich vor meiner Haustür absetzte. Ich bezahlte. Er fragte mich nach meiner Visitenkarte und ich gab vor, keine bei mir zu haben. Denn eines hatte ich in den vielen Jahren gelernt: Im Leben eines Freiberuflichen, der schreibenden Zunft zugehörend, ist es zwar wichtig, neugierig zu bleiben, aber es gilt auch abzuwägen, wem man seine Kontaktdaten preisgibt.

»Isch ja egal«, sagte Kurt-Eberhard Schraidle. »I woiß ja jetzt, wo Sie wohnat. I komm dann oifach vorbei, wenn i was hab.«

Es ist als letztes Aufbäumen im Ringen um den Erhalt meiner Intimsphäre zu sehen, dass ich zufällig doch noch eine Visitenkarte in einer Jackentasche fand. Ich händigte sie ihm aus und er hielt sie triumphierend in die Höhe.

»I meld mi«, jubelte er und brauste davon. Ich sah ihm nach, bis die Rücklichter seines Wagens um die Ecke verschwanden, und blieb auch dann noch regungslos stehen. In diesem Moment wurde mir klar, dass mein Leben nicht mehr das sein würde, das ich noch vor dieser Begegnung geführt hatte. Und ich weiß nicht, ob es wirklich nur an der kühlen Herbstluft lag, dass ich fröstelte.

Jeder hat sein Päckle zu tragen

Fünf Minuten, nur ganz kurz, ein Augenblick. Es sind immer Zeiträume wie diese, in denen wir in einer Parallelwelt verweilen, während uns die Wirklichkeit eine Überraschung beschert. Fünf Minuten, nur ganz kurz, einen Augenblick hatte man das Auto im Parkverbot abgestellt, bevor es abgeschleppt wurde. Fünf Minuten, nur ganz kurz, einen Augenblick hatte man die bezaubernde neue Bekanntschaft auf der Party allein gelassen, bevor ihr dasselbe Schicksal widerfuhr. Und es benötigt auch nur immer fünf Minuten, nur ganz kurz, einen Augenblick, um den Zusteller zu verpassen, der ein Päckchen abgeben wollte.

Normalerweise zeugt eine Karte im Briefkasten von dem Versäumnis. Als Strafe droht ein Gang zum nächsten Postamt und dort die Wartezeit in einer endlosen Schlange, weil der Schalterbeamte seinen kargen Mindestlohn durch Verkaufsprämien für Versicherungen, Girokonten, Lottoscheine, Immobilien auf dem Mond und so weiter aufbessern muss.

So war ich vor einigen Wochen wenig erfreut – ich hatte mein Büro gerade mal fünf Minuten, nur ganz kurz, einen Augenblick verlassen –, eine Benachrichtigung im Briefkasten vorzufinden, die mich aufforderte, die lang erwartete Sendung, die aufgrund meiner Abwesenheit nicht zugestellt werden konnte, abzuholen. Ein Freund von mir hatte eine handgeschnitzte Original-Schwarzwald-Kuckucksuhr bei einer Internet-Auktion ersteigert. Da er wusste, dass ich schon lange mit der Anschaffung einer solchen Pretiose liebäugelte, wollte er sie mir zur Ansicht überlassen. Bei Nichtgefallen, so teilte er mir am Telefon mit, sollte ich ihm das gute Stück einfach wieder zurückschicken. Er könnte sich der Interessenten nicht mehr erwehren.

Ich lächelte ob der Anwendung dieses vorsintflutlichen Verkäufertricks und betrachtete die Abholkarte genauer, die so ganz anders aussah als ihre Vorgänger. Sie war nicht mehr orangefarben, sondern hellgrün und ich sollte mich auch nicht bei der Paketausgabe des Postamtes einfinden, sondern bei einer Packstation vorbeisehen, nicht jedoch vor 17 Uhr, sie befinde sich ganz in meiner Nähe. Freundlicherweise war auch die Adresse abgedruckt und der Blick in den Stadtplan verriet, dass der Interpretationsspielraum, die räumliche Angaben wie »ganz in der Nähe« bieten, nahezu gänzlich ausgeschöpft worden war.

Meine Packstation befand sich auf einem Parkplatz eines Einkaufscenters am anderen Ende meiner kleinen Stadt. Es war bereits nach 18 Uhr, als ich vor dem Apparat stand, der eine gewisse Ähnlichkeit mit einer Gepäckverwahrungsanlage, wie es sie an Bahnhöfen gibt, aufwies. Mehrere Fächer in unterschiedlichen Größen lagen über- und nebeneinander und waren mit Zahlen versehen. Dies fand ich jedoch erst heraus, nachdem ich mehrfach an dem grün leuchtenden Display vorbeigelaufen war, in der irrigen Annahme, es handele sich bei diesem Monstrum um einen Parkscheinautomaten.

»Willkommen bei Ihrer Packstation, dem freundlichen Paket-Annahme- und Auslieferungs-Service der DHL. Bitte berühren Sie den Bildschirm, um die Sprachsteuerung zu aktivieren«, stand dort in roten Lettern zu lesen. Ich tat wie mir geheißen und schon umsäuselte mich eine freundliche Frauenstimme: »Guten Tag. Wenn Sie Ihre Lieferung abholen wollen, sagen Sie bitte laut ABHOLEN. Wenn Sie eine Sendung aufgeben wollen, dann sagen Sie bitte AUFGEBEN.«

»Abholen«, flüsterte ich mit zusammengepressten Zähnen, um nicht zu viel Aufmerksamkeit zu erregen. Die ersten Passanten, die ihre Einkäufe zu ihren Fahrzeugen trugen oder dabei waren, die Waren in den Kofferräumen zu verstauen, sahen bereits zu mir herüber.

»Es tut mir leid, ich habe Sie nicht verstanden. Bitte wiederholen Sie.«

»Ab-ho-len«, sagte ich bestimmt und schirmte mein Gesicht mit den Händen ab, damit mich niemand erkennen konnte.

»Es tut mir leid, ich habe Sie nicht verstanden. Bitte ...«

»ABHOLEN«, brüllte ich das Gerät an. Ein Junge flüchtete verstört in den Fond des väterlichen Wagens und ein kleines Mädchen fing auf dem Arm seiner Mutter an zu weinen. Einige Schaulustige näherten sich langsam und meine Unsicherheit wuchs.

»Bitte halten Sie den Strichcode Ihres Benachrichtigungsschreibens an den Scanner«, flötete die Stimme mit stoischer Freundlichkeit. Während ich noch auf einen weiteren erklärenden Hinweis wartete, zog sich der Pulk neugieriger Zuschauer immer enger um mich zusammen.

Ich lächelte in die Runde, zuckte mit den Schultern, sagte »Packstation« und deutete auf das Gerät, als müsse ich meinen metallenen Gesprächspartner vorstellen. Leider war ich überwiegend von Unerfahrenen umgeben.

»Was macht der Mann da?«, hörte ich ein Kind fragen.

»Des woiß er wahrscheinlich selber net so genau«, antwortete eine Männerstimme.

»Ich suche den Scanner für den Strichcode«, klärte ich auf.

»Do, an deim Ranze«, gab mir ein älterer Herr mit Hornbrille den entscheidenden und dennoch etwas ruppigen Hinweis. Tatsächlich funkelte auf Höhe meines Bauchnabels ein viereckiges Kästchen rubinrot. Ich hielt den Strichcode der Karte dagegen, der Piepston, der das Erfassen signalisierte, ertönte und schon meldete sich die verführerische Stimme wieder.

»Vielen Dank. Die Benachrichtigung ging an eine Person, die wir aus Datenschutzgründen nicht öffentlich benennen dürfen. Bitte geben Sie Ihren Namen mittels Unterschrift auf dem Display ein. Sollten Ihre Angaben mit den gespeicherten

Daten übereinstimmen, öffnet sich das entsprechende Paketfach und Sie können Ihre Lieferung entnehmen.«

Ich spürte die Blicke meines Publikums im Nacken, als ich versuchte, mit dem Gekrakel auf dem Bildschirm meine Identität und damit mich als befugten Empfänger auszuweisen. Es dauerte einen Moment, bis sich die Packstation wieder meldete.

»Es tut mir leid. Für einen Oteg Nygeki liegt keine Sendung vor. Auf Wiedersehen.«

Ohne weitere Vorwarnung schaltete sich das Gerät wieder in den Startmodus. Fassungslosigkeit und ein Hauch von Wut krochen in mir hoch und wäre ich nicht von Einkäufern umringt gewesen, hätte ich dem Apparat deutlich kundgetan, was ich von Serviceleistungen wie diesen hielt. So heuchelte ich Gelassenheit und blieb auch dann ganz bei mir, als um mich herum Mutmaßungen über meine Nationalität angestellt wurden.

»Oteg hoißt der. Des isch beschdimmt an Tscheche. Oder an Muräne. Koi Wonder kennt der sich mit derra Masche net aus.«

»'s kennt aber au an Finne sei. So bloich, wie der aussieht, sieht der 's ganze Johr koi Sonn.«

Ich beschloss, die Kommentare zu ignorieren und wiederholte die Prozedur.

»ABHOLEN«, schrie ich, noch bevor mir die Frage gestellt wurde, und hielt sofort den Strichcode unter den Scanner. Von diesem Ungetüm wollte ich mir mein Paket nicht vorenthalten lassen – und der Umgang mit unwilligen Dienstleistern war mir durchaus vertraut. Die Packstation schien diese raue Art anzuerkennen, während hinter mir Kritik über meine unwirsche Vorgehensweise laut wurde.

»Jetzt spennt er, der Tschech.«

»Emmer nur Schnee und Eis, da musch ja verrickt werda.«

Als auch die erneute Unterschriftenaktion nicht glücken wollte – dieses Mal lag für Ubat Wügili keine Sendung vor –, zückte ich meinen Personalausweis und drückte ihn mit der Vorderseite gegen den Bildschirm.

»Lies selbst, ich bin es. Ich bin es und nun gib mir mein Paket«, flehte ich.

»Guten Tag. Wenn Sie Ihre Lieferung abholen wollen, sagen Sie bitte laut ABHOLEN«, sagte die Packstation.

»Wie kommt jetzt der Tschech an en deitscha Pass«, sagte die eine Stimme hinter mir.

»Der isch doch beschdimmt gfälschd«, sagte die andere.

Ich drehte mich um und wedelte mit meiner Abholkarte und meinem Personalausweis vor den Nasen der Schaulustigen.

»Bitte. Vergleichen Sie. Auf beiden Dokumenten steht mein Name drauf. Ich bin der befugte Empfänger dieses Pakets.«

Der Herr, der mir unbedingt die osteuropäische Herkunft andichten wollte, überprüfte Karte und Personalausweis mit zugekniffenen Augen und polterte dann los: »Des auf dem Bild sollet Sie sei? Des kennat Se Ihrer Großmudder verzähla.«

Ich kam nicht dazu, ihn vom Gegenteil zu überzeugen, denn die freundliche Frauenstimme unterbrach uns.

»Es ist 18 Uhr 30. Die Entnahme- und Aufgabezeit ist zu Ende. Bitte besuchen Sie uns bald wieder. Vielen Dank und einen schönen Abend.«

Da stand ich nun. Im Rücken die neueste technische Errungenschaft in Sachen Dienstleistungsverweigerung und vor mir eine Horde Menschen, deren Misstrauen substanziell zu spüren war.

Fünf Minuten, nur ganz kurz, einen Augenblick lang dachte ich daran, in mein Auto zu steigen, das Abschleppseil an dem Automat zu befestigen, und ihn mit der Kraft von 75 Pferdestärken mitsamt dem Inhalt aus dem Boden zu reißen und durch die halbe Stadt zu zerren. Doch das hätte das gegen mich eingenommene Publikum sicherlich nicht ohne weiteres zugelassen. Deshalb gab ich den Besonnenen, ließ Abholkarte und Personalausweis in meiner Jackentasche verschwinden, säuselte »Da kann man wohl nichts machen. Ich probier es morgen wieder«, und schritt von dannen. Mein Weg führte mich direkt in die Baumarktabteilung des Einkaufszentrums, in der ich mir ein Brecheisen besorgte. Um mein Vorhaben so stilecht wie möglich durchzuführen, kaufte ich in der Kurzwarenabteilung noch eine Damen-Feinstrumpfhose und wartete in meinem Wagen, bis die Dunkelheit mich, den Parkplatz und die Packstation umschloss.

Es wäre sicher alles gut gegangen, der Security-Dienst hätte mich dank meiner umsichtigen und geschmeidigen Vorgehensweise niemals bemerkt, wenn die Apparatur, bereits bei dem vierten Versuch, das Stemmeisen anzusetzen, nicht völlig überraschend und viel zu früh ihren Dienst wieder aufgenommen hätte. Warum dies im Sprachmodus geschah, wird wohl ihr Geheimnis bleiben. Das »Guten Tag. Wenn Sie eine Lieferung abholen wollen ...«, donnerte geradezu in die Stille. Die Sicherheitskräfte hatten ein leichtes Spiel mit mir: Mit vor Schreck starren Gliedern stand ich vor dem Gerät und wimmerte. Einer meiner Häscher gab später zu Protokoll, ich hätte immerzu »Kuckuck, Kuckuck« gerufen.

Zum Glück hatte der Haftrichter bereits selbst die Bekanntschaft mit einer Packstation gemacht: Er wartete seit Wochen auf ein Urteil zum BGB-Paragraphen 812, der sich mit ungerechtfertigter Bereicherung beschäftigt. Nach einer Nacht auf der Polizeistation entließ er mich ohne Strafe.

Meine Kuckucksuhr habe ich dennoch nie erhalten. Denn dienstbeflissen wie die »Maschinerie des Grauens« nun mal war, hatte sie das Exponat an den Absender zurückgeschickt, weil die Lieferung nicht abgeholt worden war. Ich erfuhr davon, als mein Bekannter anrief und sich nach den Gründen für *meine* Entscheidung gegen das Schmuckstück erkundigte. Ich hatte keine rechte Lust, ihm meine Niederlage im Kampf Mensch gegen Maschine zu gestehen, vielmehr nötigte ich ihn, mir einen Termin zu nennen, an dem ich die Uhr persönlich in Augenschein nehmen konnte. »Du bist einen Augenblick zu spät dran, mein Lieber«, sagte er. »Ich habe sie vor genau fünf Minuten verkauft.«

Tor-Tour de Ländle

Es ist gefährlich, wenn eine Frau einen Mann zu lange anblickt. Denn Mann kann davon ausgehen, dass ab diesem Moment das ruhige und beschauliche Leben, das er eben noch führte, vorbei ist. Erwidert er den Blick, ist Initiative von ihm gefordert, denn sie hat ihre Mission erfüllt, indem sie sich ihn ausgeguckt hat. Ihm bleibt im schlimmsten Fall nur die Möglichkeit, sich ein Leben lang Vorwürfe zu machen, warum er in diesem schicksalhaften Moment den Blick erwidert und nicht in den Tiefen seines Glases versenkt hat.

Wenn die eigene Frau ihren Mann zu lange ansieht, dann verheißt das ebenfalls nichts Gutes. Meist kündigt dies einen direkten Vorwurf an. Wenn gar ein Kopfschütteln damit verbunden ist, dann ist Ärger vorprogrammiert.

Eines Tages ertappte ich meine bessere Hälfte dabei, wie sie mich von oben bis unten musterte. Für die Flucht war es zu spät, sie war bereits in der Kopfschüttel-Phase angelangt.

»Was ist denn?«, fragte ich forsch, um meine Ausgangslage zu retten. In diesen Momenten Schwäche oder Unsicherheit zu zeigen, ist die schlechteste Strategie. Ich biss in mein Schinken-Käse-Croissant und spülte mit einem Schluck Trollinger nach.

»Hast du dich eigentlich in letzter Zeit mal im Spiegel angesehen?«, fragte sie. »Ich meine, so ganz?«

Ich sah an mir herunter. Gut, ich hätte das Hemd in die Hose stecken und vielleicht auch den Knopf am Hosenbund schließen können, aber insgesamt sah ich manierlich aus. Alle meine Kleidungsstücke waren frei von Verschmutzung, ihnen haftete sogar noch ein Rest Aprilfrische an. Ich deutete mit einer Geste an, dass ich sie nicht verstand und reichte ihr die Pralinenschachtel, auf dass sie sich eine nehmen möge. Sie wehrte ab und deutete unmissverständlich auf meinen Bauch.

»Was ist denn damit?«, fragte ich und piekste mit dem Zeigefinger in das keck hervorlugende Speckröllchen. Die kryptische Vorgehensweise meiner besseren Hälfte ging mir ein wenig auf die Nerven. Bereits mit dem nächsten Satz wurde sie konkret.

»Deine Wampe. Sie hängt aus der Hose. Du bist zu dick!«

Elf Worte, jedes tonnenschwer, legten sich auf mich und drohten mich zu zerquetschen. Ich tastete behutsam um den Bauchnabel herum, als könne ich ihr Argument damit entkräften. Was ich fühlte, hatte wenig mit einem Waschbrett gemein, das war unverkennbar. Von der Gestalt ähnelte es eher einem Waschzuber, wenn auch nur einem ganz kleinen.

»Zwei, drei Kilo Übergewicht. Das bekomme ich im Sommer wieder in den Griff«, wehrte ich ab und schob mir zur Belohnung für diese gelungene Zieldefinition eine große Handvoll Kartoffelchips in den Mund. Mein Gegenüber setzte das widerwärtigste, zynischste Lächeln auf, das ich jemals an ihr gesehen hatte.

»Im Sommer bekommst du das in den Griff, ja?«, fragte sie und aus jeder Silbe troff die pure Bosheit. »Wenn die Biergärten wieder geöffnet haben und mein Schatzilein jeden lauen Sommerabend feiert, als sei es der letzte. Mit Leckereien vom Grill und jeder Menge Gerstensaft.«

Es wurde immer offensichtlicher, dass dieses Gespräch in die Einbahnstraße des Streites einbog. Ich unternahm einen letzten Versuch, die Situation glimpflich für alle Beteiligten verlaufen zu lassen. Ich rückte näher an sie heran, nahm sie in den Arm und schnurrte: »Eigentlich bist du daran schuld. Du kochst zu gut. Da kann ich nicht widerstehen.«

Sie fuhr hoch, baute sich vor mir auf und stemmte die Hände in die Hüften.

»Ja, und den Süßigkeiten und den Knabbereien kannst du auch nicht widerstehen. Du bringst lediglich Widerstand auf, wenn es darum geht, dich vom Sofa zu erheben. Aber damit ist jetzt Schluss.«

Sie rauschte zum Wohnzimmer hinaus, knallte mit der Schlafzimmertür und ließ mich allein zurück. Ich tröstete mich mit einem doppelten Cognac und nahm mir vor, in den nächsten zwei Wochen auf das Stück Schwarzwälder Kirschtorte zum Nachmittagskaffee zu verzichten.

Der Friede kehrte in unser Heim zurück wie er gewichen war und eine Woche lang lief alles wie bisher. Keine vorwurfsvollen Blicke, kein Wort mehr über meinen vermeintlichen Schönheitsfehler. Naiv wie ich war, hoffte ich, dass sich das Tuch des Vergessens über den kleinen bedeutungslosen Zwist legen würde. Doch es war nur die trügerische Stille, die großen Ereignissen vorausgeht.

Eines Abends, als ich von der Arbeit nach Hause kam, empfing mich meine Liebste mit einem Lächeln, das so strahlte, dass ich mir die Augen mit einer Hand beschatten musste, um nicht zu erblinden. Sie ergriff meine Krawatte und zerrte mich hinter sich her. Vor der Tür zum Schlafzimmer blieb sie stehen und wies mich an, mich nicht von der Stelle zu rühren. Es erwarte mich eine Überraschung, hauchte sie und entschwand in unser Nachtgemach. Mir wurde heiß und kalt. Auf so viel Leidenschaft war ich nach einem harten Arbeitstag nicht unbedingt eingestellt, aber ich musste zugeben, dass mein Herz in freudiger Erwartung raste wie bei einem Frischverliebten. Als ich ihr »Du kannst jetzt reinkommen« hörte, hatte ich mein Sakko bereits abgelegt und mein Hemd halb aufgeknöpft. In diesem derangierten Zustand trat ich ins Zimmer. Meine Lebensgefährtin stand komplett in Magenta gewandet vor mir: Sie trug ein Fahrradtrikot, eine eng anliegende, kurze Hose und hatte ihre Haare unter eine Schirmmütze gesteckt. Sie leuchtete vor Glück und wies mit einem geträllerten »Tata« auf ein Gerät neben ihr, das aussah, als hätte man eine Bullriding-Maschine vom Jahrmarkt mit einem Fahrrad gekreuzt. Meine gute Laune verwandelte sich in jähe Enttäuschung.

»Was ist das und warum steht das hier?«, fragte ich.

»Das ist dein neuer Hometrainer«, erhielt ich zur Antwort. Meine Partnerin schob sich auf mich zu, legte eine Hand auf meinen freigelegten Bauch und zwickte mich sanft.

»Damit schmelzen wir alle Röllchen weg, bis dein Bauch so fest ist wie der Hintern von Brad Pitt.«

Um diesem demütigenden Vergleich noch eine Nuance an Widerwärtigkeit hinzuzufügen, zwang sie mich, ein hellblaues, äußerst Figur betonendes, weil zwei Nummern zu klein gekauftes Outfit anzulegen und die Neuanschaffung sofort auszuprobieren. Die Pedale liefen so schwer, als hätte sie jemand festgelötet, meine Beinmuskulatur rief sofort den Ausnahmezustand aus und sandte Schmerzattacken an mein Hirn, alle Poren öffneten sich und versuchten, das Brennen in meinem Körper durch eine massive Wasserausschüttung zu löschen. Während ich keuchte und strampelte, erklärte mir mein Herzblatt die Funktionen der Fett-Weg-Wunderwaffe. An technischen Details ließ die Quälmaschinerie nichts missen: 15 voreingestellte

Programme in Schwierigkeitsgraden von norddeutscher Tiefebene bis hin zur Alpe d'Huez-Bergetappe, Pulsmess-Sensoren im Griff, optisches und akustisches Signal bei Überschreiten der Obergrenze sowie automatische Notrufaufschaltung bei plötzlicher Nulllinie der Herzfrequenz. Zeitmessung, Trainingsstrecke, Gesamtstrecke, Geschwindigkeit und Trittfrequenz auf einen Blick erkennbar. Zielzonentraining, manuelle Belastungssteuerung, schweißresistente Folientastatur – das Ding glich mehr einem Raumschiff als einem Trimmgerät.

»Unser Nachbar Herr Münzenmaier hat auch so ein Ding«, teilte mir die um mein Wohl Besorgte mit, als sie mir die krampfenden Waden mit Pferdesalbe einrieb. Ich zeichnete in Gedanken die Kontur Münzenmaiers nach. Seine Erscheinung, die von einer ganz stattlichen Plauze geprägt war, ließ nur zwei Rückschlüsse zu: Entweder er benutzte die Sportmaschine nicht oder in unserem Schlafzimmer wohnte der schlimmste Fehlkauf seit der Anschaffung des Eierköpfers aus Edelstahl.

So radelte ich denn fortan jeden zweiten Morgen eine halbe Stunde, stets unter der Aufsicht meiner persönlichen Trainerin, die keine Disziplinlosigkeit duldete. Die Ergebnisse schrieb ich fein säuberlich in ein Notizheft: Durchschnittsgeschwindigkeit, zurückgelegte Kilometer, Kalorienverbrauch. So dokumentierte ich meine Fortschritte auf dem Gerät und meine Motivation war, die Ergebnisse von Mal zu Mal ein wenig zu steigern.

Den entscheidenden Kick bekam die Sache jedoch, als ich meinen Nachbarn traf. Ich verließ gerade das Haus, er leerte gerade seinen Briefkasten, als er mich ansprach.

»Ond, klappt des mit dem Rädle?«

Da ich mein Trainingspensum inzwischen auf stolze 40 Minuten ausgedehnt hatte, war ich guter Laune.

»Oh ja, ich bin heute schon nach Stuttgart gefahren«, witzelte ich und lachte. Er sah mich an, als zweifele er an meinem Verstand. »Naja, ich habe 16,5 Kilometer zurückgelegt. In ungefähr 40 Minuten. Durchschnittsgeschwindigkeit 24,75 Stundenkilometer. Gar nicht übel, was?«

Münzenmaier erwiderte darauf nichts. Er schnaubte nur und ging wortlos von dannen.

Am Abend des gleichen Tages begrüßte mich mein Coach mit den Worten: »Ich soll dir von Herrn Münzenmaier ausrichten, er sei heute schon in Ludwigsburg gewesen. 26 Kilometer in nur 58 Minuten. Durchschnitt 27. Du wüsstest, was das bedeutet.«

Natürlich wusste ich, was das bedeutete: Er hatte den Fehde-Handschuh geworfen, es war die offene Kampfansage. Ich nahm die Herausforderung an.

Mein Konkurrent hatte ordentlich vorgelegt, entsprechend lange dauerte es, bis ich an seine Leistung herankam. Am eisernen Willen lag es nicht, es war viel mehr mein wenig trainierter Körper, der gegen den wiederentdeckten Ehrgeiz rebellierte. Aber ich schob mich unablässig an Münzenmaiers Bestmarke heran und nach zwei Wochen warf ich ihm eine Notiz in den Briefkasten. »Freiberg am Neckar. 30 Kilometer. 64 Minuten. Durchschnitt 28«.

Am nächsten Morgen empfing mich unser Nachbar vor der Tür. Ich schenkte ihm ein Siegergrinsen, das vielleicht eine Spur zu überheblich ausfiel.

»Also guat«, grunzte Münzenmaier, »Sie hen's net anders wella. Mach mer a Wettfahrt.«

Ich nickte. »Ich bin bereit.«

Er zog eine Straßenkarte aus der Gesäßtasche, breitete sie aus und hielt sie an die Wand.

»I hab ons scho a Schdrecke rausgsuacht«, sagte er und deutete auf einen rot markierten Ring. »Mir startet hier, fahret auf der B 10 bis kurz vor Schduagert, bieget do auf die B 14, fahret über Waiblinga nach Schorndorf bis Lorch. Do gohts dann noch Wäschabeura ond Rechberghausa bis nach Göppinga. Ond dann auf der B 10 zrick.«

Ich gab mich gelassen, wohl wissend, dass diese Rundfahrt meine bisherige Leistungsgrenze bei weitem überschritt.

»Wieviel?«, fragte ich in unterkühltem Ton.

»97 Kilometer. A bissle meh als drei Schdond, wenn Se Ihr'n Durchschnitt halta kennat. Was i ja net glaub.«

Er faltete die Karte wieder zusammen, ein fieses Lächeln umspielte seine Lippen. Es war das Lächeln eines Mannes, der wusste, dass sein Gegenüber nur zustimmen konnte, wenn er sich noch einmal mit Respekt im Spiegel betrachten wollte. Also willigte ich ein. Das Rennen sollte zwei Wochen später in Münzenmaiers Garage stattfinden, unsere Frauen bestimmten wir zu unseren Schiedsrichtern.

In diesen vierzehn Tagen trainierte ich wie besessen. Ich sagte alle Verabredungen ab, ließ Konzertkarten verfallen, verbrachte jede freie Minute auf dem Hometrainer. Ich schuftete, schwitzte und strampelte, bis meine Waden so hart wurden, dass ich auf ihnen Spätzle hätte schaben können. Nicht einmal zum Essen stieg ich vom Rad. Den vitamin- und kohlenhydratreichen Brei ließ ich mir von meiner Liebsten in einer Schnabeltasse reichen, über einen Schlauch, der in einen Eimer mündete, versorgte ich mich mit Flüssigkeit. Meine Lebensgefährtin beobachtete das Ganze mit Sorge, doch sie wusste, dass ich, einmal in Fahrt gebracht, nicht mehr zu stoppen war.

Der große Tag rückte immer näher, ich fühlte mich fit wie nie zuvor im Leben. In dieser Form hätte ich es auch mit Jan Ullrich aufgenommen. Deshalb schritt ich am Wettkampftag erhobenen Hauptes, meinen Hometrainer und meine Trainerin im Schlepptau, in Richtung Münzenmaiers Garage. Mein Nachbar saß bereits auf seinem Rad und absolvierte sein Aufwärmprogramm. Zu einem leichten runden Tritt schleuderte er die Arme in die Höhe und ließ sie wieder sinken. Es sah so aus, als probe er bereits die erfolgreiche Zieleinfahrt, überhaupt schien er von seinem Triumph sehr überzeugt zu sein. In Erwartung eines sicheren Sieges hatte er das gelbe Trikot übergestreift, das aufgrund seines enormen Bauchumfanges über den Bauchnabel gerutscht war. Als er mich sah, richtete er sich auf, drehte den Kopf hin und her, wahrscheinlich um seine lockere Unangestrengtheit anzudeuten. Seine Frau wies mir den Platz neben ihm zu.

Ich brachte mein Sportgerät in Startposition, drehte ein paar Runden, um meine Muskulatur auf Betriebstemperatur zu bringen und meldete Bereitschaft. Frau Münzenmaier übernahm die Rolle der Oberschiedsrichterin und erklärte uns die Regeln sowie die Strecke.

»Auf mein Kommando beginnt ihr zu treten. Ihr startet mit Schwierigkeitsstufe 6. Bei Kilometer 15 kommt eine Steigung, da geht ihr dann für drei Kilometer auf 10, danach wieder auf 6 bis Kilometer 50. Dort beginnt die Bergetappe, das bedeutet sechs Kilometer auf der 14, gefolgt von fünf Kilometer Gefälle auf der 3. Die restlichen 36 Kilometer dann wieder auf der 6. Verstanden?«

Wir nickten, sandten uns einen letzten grimmigen Blick zu, rückten Schutzbrillen und Helme zurecht und warteten auf den Start.

»Achtung. Fertig ...« Frau Münzenmaier blies in eine Papiertüte und brachte sie zum Platzen, um einen Schuss zu simulieren. Langsam steigerten wir unsere Tretfrequenz und gingen auf die Strecke. Kopf an Kopf spulten wir in rasantem Tempo die ersten Kilometer ab. Unser Keuchen übertönte die rhythmischen Sprechgesänge unserer Frauen, das Surren der Schwungräder füllte den Raum, es roch zunehmend nach unserem Schweiß. Münzenmaier erwies sich trotz seiner Leibesfülle als hartnäckiger Gegner, der eine ungeahnte Kondition an den Tag legte. Vor der ersten Steigung ging er leicht in Führung, dann machte er jedoch den Fehler und teilte sich die Kräfte falsch ein. Sein Tritt wurde schwächer und ich nutzte die Chance, um seinen Vorsprung wettzumachen. Es gelang mir jedoch nicht, ihm zu enteilen, bei Kilometerstand 35 zog er wieder an mir vorbei. Ich blieb ihm dicht auf den Fersen, hoffte auf die nächste Steigung, obwohl meine Oberschenkel bereits zu diesem Zeitpunkt vor Übersäuerung kreischten. Mein Gegner zeigte erstaunlich wenig Ermüdungserscheinungen. Kraftvoll bediente er die Pedale, trat in einem gleich bleibenden Rhythmus. Lediglich sein asthmatisches Röcheln und seine ins violett wechselnde Gesichtsfarbe deuteten an, dass diese Tour ebenfalls nicht spurlos an ihm vorüberging. Einen gewaltigen Vorteil konnte er dennoch verbuchen: Die Teamarbeit der Münzenmaiers funktionierte bestens. Auf das knappe Kommando »Banan an me na« schälte die Gattin eine Südfrucht und reichte sie ihrem Fahrer, während sie bei »Wasser marsch« die Trinkflasche mit dem isotonischen

Getränk zückte. Darauf war ich natürlich nicht vorbereitet, bei Kilometer 42 trocknete meine Flüssigkeitszufuhr aus und auch die »Hopp, hopp, hopp«-Rufe meiner Lebensgefährtin konnten dies nicht kompensieren.

Mein Plan, meinen Gegner an der zweiten Steigung endgültig abzuhängen, ging nicht auf. Er wehrte meinen Angriff, der diese Bezeichnung kaum verdiente, locker ab. Japsend und keuchend, heftig nach Luft ringend versuchte ich einen Vorteil herauszufahren, doch auch am Gipfel lagen wir immer noch gleichauf. Ein Blick auf Münzenmaiers Display verriet, warum dies so war. Er hatte nur Stufe 10 eingestellt, während ich mich mit der vorschriftsmäßigen 14 abmühte. Noch bevor ich den Betrug anzeigen konnte, begann das Gefälle und nun zog mein Nachbar aufgrund der gesparten Energie und der größeren Schwungmasse endgültig an mir vorbei. Der Abstand wuchs, wie meine Kraft wich. Es sah so aus, als müsste ich mich mit der Niederlage abfinden, wenn nicht noch ein Wunder geschah.

Nun haben Wunder die Eigenschaft, eigentlich nur dann einzutreten, wenn keiner mehr mit ihnen rechnet. Bei dieser Tour sollte dies nicht anders sein. Bei Kilometer 76,5 verzog mein Kontrahent schmerzerfüllt das Gesicht, bei 83,0 füllten sich seine Augen mit Tränen und nach weiteren 500 Metern verabschiedete sich sein Meniskus mit einem hörbaren Knacken. Er sank stöhnend vom Rad, hielt sich das Knie und blieb in angewinkelter Position neben dem Hometrainer liegen. Seine Frau beugte sich besorgt über ihn, tätschelte ihm die Wange, während meine Lebensgefährtin geistesgegenwärtig zum Mobiltelefon griff und einen Krankenwagen anforderte. Ich blieb auf meiner Rennmaschine sitzen, an der Unfallstelle konnte ich ja doch nichts tun, fuhr locker weiter und erreichte das Ziel noch bevor die Sanitäter eintrafen. Die Siegesfeier fiel ziemlich spärlich aus. Statt Jubel erschallte nur Münzenmaiers Wehgeschrei, als ihn die Retter auf die Trage hievten. Statt mich zu küssen, zeigte mir meine Lebensgefährtin den Vogel, als ich meinen Gegner mit weit nach oben gerissenen Armen bis zum Sanitätswagen begleitete. Und die Lorbeeren, die ich erntete, würzten das dünne Süppchen, das ich in den nächsten Tagen zu mir nehmen musste, weil mich die Muskelkrämpfe aufgrund der Überanstrengung und der Dehydrierung ins Bett zwangen. Das einzig Erfreuliche an der Wettfahrt und dem Training zuvor war, dass auch ich verloren hatte. Stattliche zehn Kilo.

So wie die Pfunde verschwand auch der Hometrainer. Eines Abends war er nicht mehr da.

»Wo ist mein Fahrrad?«, fragte ich und deutete auf den leeren Platz im Schlafzimmer.

»Ich habe es verkauft«, antwortete meine Allerliebste. »Du brauchst es nicht mehr.«

Ein bisschen enttäuscht war ich schon, aber mir schmeichelte es natürlich, dass meine Partnerin wieder voll und ganz mit mir zufrieden zu sein schien.

»Du meinst also, ich habe Sport nun nicht mehr nötig, weil ich so toll abgenommen habe.«

»Nicht direkt«, erwiderte sie. »Ich habe Frau Münzenmaier getroffen. Ihr Mann wurde aus dem Krankenhaus entlassen und er will so bald wie möglich eine Revanche gegen dich.«

»Und warum verkaufst du dann mein Trainingsgerät?«, fragte ich entsetzt.

»Weil er diese Revanche nicht im Radfahren möchte. Sondern im Rudern.«

Die Ernährungsfalle

Mein kleiner Freund Jan dürfte ja inzwischen jedem so vertraut sein wie mir. Wenn nicht, stelle ich ihn gerne noch einmal vor. Er ist der Sohn eines mit mir befreundeten Ehepaars, das meine grenzenlose Gutmütigkeit geschickt auszunützen weiß. Mit der Betörungsformel »Jan ist richtig gern bei dir, weil du so lustig und nett bist« wickeln sie mich mühelos um den Finger und so hüte ich ihr inzwischen fünfjähriges Söhnchen öfter als mir lieb ist. Mit der Entwicklung, die er in den letzten eineinhalb Jahren durchgemacht hat, kann ich mich allerdings nur schwer anfreunden, denn aus dem liebenswerten, tollpatschigen Schöngeist und Ästhet ist ein zur Selbstüberschätzung neigender Despot geworden, der bereit ist, die eigene Meinung und auch den glasklaren Willen unter vollständigem körperlichen Einsatz durchzusetzen. Vor allem bei der Nahrungsaufnahme hat er ganz eigene Vorstellungen. Während er zuhause den Kochkünsten seiner Mutter ausgeliefert ist, die ihn in diesem Punkt an Sturheit noch einen Deut übertrifft, weigert er sich beharrlich das zu essen, was mein kindgerechter Speiseplan vorsieht. Gut gemeinte Ratschläge wie »Du musst was essen, damit du groß und stark wirst« kommentiert er in Reimform: »Stopf nicht alles in dich rein, sonst wirst du ein fettes Schwein.« Wo lernen Kinder so etwas? Aus Büchern? Von Rolf Zuckowski? Und hörte ich nicht Mütter sagen, die Kleinen könnten von Spaghetti mit Tomatensauce nicht genug bekommen? Jan schon. Ein einziger Löffel genügt und er legt sich bäuchlings auf den Stuhl und fängt an zu würgen. Mit Pfannkuchen, Omelette, Fischstäbchen, Wiener Würstchen, Vanillepudding muss ich ihm gar nicht erst kommen. Einen Tobsuchtsanfall vortäuschend wirft er sich zu Boden, strampelt und fuchtelt, bis ich in schierer Verzweiflung zur Notlösung greife, die bislang immer erfolgreich war. Wir fahren zu einer bekannten Frikadellen-Brater-Kette.

Schon bei der Nennung des Zieles entspannen sich die Gesichtszüge meines kleinen Freundes, er wird zu dem, den ich einmal geschätzt habe: ein freundlicher kleiner Junge, der mich munter brabbelnd an seiner Welt teilhaben lässt, die aus Juniortüten zusammengeleimt zu sein scheint, gefüllt mit hanebüchenem Schnickschnack, den ein Fünfjähriger braucht, um in seinem Umfeld bestehen zu können. Hier geht es nicht um Nahrungsaufnahme. Nein, schon in seinem zarten Alter geht es um Anerkennung, um den Status »Cool sein«. Es geht darum, etwas zu haben, was andere gerne hätten. Die es womöglich aber nicht bekommen, weil die Eltern ihren Erziehungsauftrag ernst nehmen. Ich bin also so etwas wie eine gesetzesfreie Zone, in der verborgene und auch verbotene Wünsche wahr werden.

Der Spaß am Inhalt des Kinder-Verführungs-Pakets ist schnell vorbei. Der verzehrbare Inhalt wird zu einer abenteuerlichen Kraterlandschaft zusammengematscht, in der die Plastikfigürchen und andere Gerätschaften, ebenfalls Bestandteil der besagten Tüte, ihre Abenteuer bestehen. Hin und wieder findet auch ein erkaltetes Kartoffelstäbchen den Weg in den Mund, aber nur wenn es entbehrlich ist und nicht als Bestandteil einer Brücke oder eines Zaunes noch gebraucht wird. Spätestens nach zehn Minuten stellt sich diese Gewissensfrage nicht mehr. Genauso lange beträgt die durchschnittliche Halbwertszeit der »Überraschungen«, die entweder ihre Gliedmaßen in den Müllbergen auf dem Tablett verlieren oder ob der unsachgemäßen Bespielung ihren Geist, so denn dieser Terminus in diesem Zusammenhang gebraucht werden darf, aufgeben.

Das ist der Zeitpunkt, an dem der Breiburger dann doch noch zum Zuge kommt. Und sei es nur als Knebel, bis das Alternativprogramm zusammengestellt ist. Bei Jan zieht in diesen Fällen immer die Ablenkungstaktik und es gehört wohl zur erfolgreichen Strategie der Buletten-Könige, dass sie den verzweifelten Erwachsenen Hilfestellung geben. Sie haben außerhalb der Restaurants Kletter- und Röhren-Konstruktionen aufgestellt, die den Kleinen Kurzweil versprechen und den Begleitpersonen die Möglichkeit eröffnen, den Unrat auf den Tischen zu entsorgen oder einen kurzen Moment durchzuatmen.

Nun ist Jan kein Mensch, der sich lange allein beschäftigen kann, und auch andere anwesende Kinder sind eher Störfaktoren als potenzielle Spielkameraden. Schnell sind die Gleichaltrigen vertrieben und während sie sich Hilfe suchend und tränenüberströmt in die Arme ihrer Eltern flüchten, leiste ich der lautstarken Forderung »Such mich« Folge, die aus den Tiefen eines Plastikröhrenkanals dringt. Dabei reicht es meinem jungen Freund nicht, es verbal anzuzeigen, dass sein Versteck erkannt ist. Nein, dieses Spiel kann nur beendet werden, indem der Suchende den sich Verbergenden an der Schulter packt, ihn gegen den Arm boxt oder gegen das Schienbein tritt. Dies ist zumindest Jans Auslegung der Regel. Mir bleibt also nichts anderes übrig, als ihm hinterher zu kriechen. Mir ist dies inzwischen egal, ich habe diesbezüglich jede Art von Scham verloren. Ich habe schon Nachmittage im Ikea-Kinderparadies zugebracht, ließ Kinder auf mir reiten und stellte mich als Zielscheibe für Plastikballschlachten zur Verfügung. Im Märchengarten war ich es, der zur Belustigung aller, neben Hänsel und Jan im Käfig der Hexe hockte und die Figur der Alten mit einem Stöckchen traktierte. Und inzwischen bin ich argumentativ gestählt, wenn es darum geht, einen Karussellbesitzer davon zu überzeugen, dass auch ich in dem roten Feuerwehrauto neben meinem Freund Platz nehmen darf.

Die Feuerwehrleute, die mich aus dem Röhrengebilde des Hamburger-Produzenten befreien, sind jedoch weniger gut auf mich zu sprechen. Sie kennen mich bereits, sie mussten mich vor Wochen aus einem Klettergerüst herausschweißen. Bei den Rettungsaktionen steht Jan wie unbeteiligt in einer Ecke und denkt wahrscheinlich, dass er so enden wird, wenn er groß und stark ist. Seine logische Schlussfolgerung, die er daraus zieht: Stopf nicht alles in dich rein, sonst wirst du ... Ach, lassen wir das.

Den Rat des Feuerwehrmannes, den ich befrage, wie er denn seine Kinder zum Essen bringe, verwerfe ich gleich wieder.

»Die krigat ois henda drauf, wenn die net essat, was auf dr Disch kommt.«

So autoritär kann nur einer in Uniform daherreden.

Schraidle ermittelt: Spannendes Programm

Meine nächste Begegnung mit dem Taxifahrer Schraidle fand eher zufällig statt. Ich überquerte gerade den Bahnhofsvorplatz und entdeckte ihn dort inmitten einer Menschentraube. Ein Polizist notierte sich etwas, während ein stattlicher Herr in einem dunklen Anzug, der ihm direkt gegenüberstand, lautstark das Wort führte. Schraidle hingegen machte einen sehr gelassenen Eindruck, fast so, als ginge ihn das alles nichts an. Er kratzte sich hin und wieder an der Nase, zog sich am Ohrläppchen, blickte vom Polizisten zu dem Wortführer, dann wieder auf seine Schuhspitzen, setzte seine Kappe ab, dann wieder auf und antwortete nur einsilbig, wenn ihn der Polizist etwas fragte.

Eigentlich hatte ich keine Zeit, um nachzuforschen, was dort vor sich ging. Aber der Mensch ist ein neugieriges Wesen, ich bilde da keine Ausnahme. Also mischte ich mich unter die Schaulustigen.

Der Aufgebrachte wedelte mit einer Brieftasche vor den Augen des Uniformträgers und schrie: »Des isch mei Audo. Do sen meine Papiere.« Der Polizist bat ihn, ihm Führer- und Fahrzeugschein auszuhändigen, ging zu seinem Wagen und sprach dort etwas in ein Funkgerät. Während er auf eine Antwort wartete, entlud sich die Spannung, die zwischen Schraidle und dem Wütenden zu bestehen schien.

»Des hot a Nachspiel, darauf kennat Sie sich verlasse«, zischte der Elegante. Schraidle zeigte sich von dieser Drohung unbeeindruckt.

»Erschd a Audo klaua ond dann no a große Lapp han«, erwiderte er. Sein Gegenüber schnappte nach Luft, schien damit seinen massiven Korpus aufzupumpen, rollte die Ärmel seines

Jacketts hoch und machte einen Schritt nach vorn. Bevor es zu Handgreiflichkeiten kommen konnte, kehrte der Polizist zurück und stellte sich zwischen die Streithähne. Er gab dem Zornigen die Unterlagen zurück.

»Gut, Herr Grabner. Wir haben Ihre Personalien und die Fahrzeugdaten überprüft. Der Wagen ist nicht gestohlen. Sie können weiterfahren.«

Mit einem scharfen Blick auf Schraidle fügte er hinzu: »Ich entschuldige mich für die Unannehmlichkeiten, die Sie hatten. Aber wir müssen jedem Hinweis nachgehen. Leider!«

Er tippte gegen seine Mütze und wandte sich dann an den Taxifahrer: »Und wir sprechen uns noch. Das wird teuer.« Er ging zu seinem Wagen zurück, während Grabner maulend seine Papiere in der Innentasche seines Anzugs verstaute. Mit einem letzten »Unverschämtheit« verließ er den Schauplatz, stieg in seinen Pkw und fuhr davon.

Das Grüppchen aus Schaulustigen löste sich auf. Bald standen nur noch Schraidle und ich auf dem Vorplatz. Als der Taxifahrer mich entdeckte, lächelte er.

»Ah, der Herr Kollege isch au do. Immer zur Schdell, wenn's interessant isch, gell?«

»Was war denn los?«, fragte ich. Schraidle blies die Backen auf, ließ die Luft langsam entweichen und zuckte mit den Schultern.

»A Missverständnis, so wie's aussieht. I hab dacht, der hot des Audo gschdohla?.« Er blickte seine Schuhspitzen an, offensichtlich war ihm die Angelegenheit unangenehm.

»Aha, und wie kommen Sie darauf?«, bohrte ich nach.

»Em Radio isch's komma. Do gebbat di emmer so a Lischde durch. Von Audos, die gsucht werdat. Ond do war seins druff.«

Einen Moment lang stand ich auf der Leitung, dann löste sich der Knoten. »Eine Liste mit gestohlenen Autos im Radio?«, wiederholte ich. »Sie hören nicht zufällig den Polizeifunk ab?«

Schraidle errötete.

»Des kann i doch net wissa, dass des koi normaler Radiosender isch. Den hot mei Schwoger eigstellt, der Bachel.« Seine Oberlippe zitterte vor Erregung, doch er beruhigte sich schnell wieder.

»Obwohl. I han me scho a bissle gwondert, dass do koi Musik lauft. Aber dafir hen die immer so spannende Gschichtla brocht. Banküberfälle, Schlägereia, Wohnungseibrüch ond so.«

Ein Kollege von ihm fuhr mit aufheulendem Motor vorbei. Schraidle winkte ihm zu.

»Aber die schwätzet halt so odeutlich. Da han i mir wahrscheinlich a falsches Kennzeicha aufgschrieba. Von dem Grabner. Des isch bled gloffa. Für dr Grabner.« Er lächelte verlegen.

»Naja, für Sie ja wohl auch. Der Polizeibeamte war ziemlich sauer«, ergänzte ich. Der Taxifahrer machte eine abweisende Handbewegung. »Wahrscheinlich krieg i a Geldstrof, aber des wird scho net so schlemm sei«, sagte er und fügte in verschwörerischem Tonfall hinzu: »Was moina Sie, was i scho gspart han, weil i immer genau gwisst hab, wo die ihre Radarfalle aufstellat.«

Er grinste breit, ging zu seinem Fahrzeug, das nur wenige Meter von ihm entfernt stand, und stieg ein. »Soll i Sie hoimfahre?«, rief er mir zu, bevor er die Türe zuzog. Ich schüttelte den Kopf. »Wie Sie wellet. Mir höret vonanander.«

Bittere Pillen

Nun weiß es die ganze Welt: Neulich wurde in einer ernst zu nehmenden Zeitung vermeldet, dass der Krankenstand unter den Arbeitnehmern im Schwabenland zwar so niedrig sei wie in keinem anderen Bundesland, es würden jedoch auch nirgendwo sonst so viele Stimmungsaufheller, also Psychopharmaka, verordnet. Eine sehr bedenkliche Entwicklung, die zwangsläufig zu den Fragen führt: Macht Fleiß depressiv? Muss das Lebensmotto »Schaffe, schaffe, Häusle baue«, das bislang als ein Glück spendendes galt, revidiert werden? Nun, Gewissheit werden wir wohl erst dann erlangen, wenn sich Psychologie- oder Soziologie-Studenten dieser Angelegenheit widmen und in entsprechenden Langzeit-Studien nach Begründungen suchen. In der Zwischenzeit kann vielleicht eine andere, durchaus naheliegende These als Grund für den Kollektivfrust gute Dienste erweisen: Es nimmt nämlich seit geraumer Zeit überhand, dass der Schwabe medial verspottet wird. Bundesweit wird der Dialekt von selbst ernannten Humorwerkern nachgeäfft. In Komödien, Schwänken, albernen Possen oder Ausziehfilmchen, die selbst der hart gesottenen Spaßgesellschaft die Tränen der Verzweiflung in die Augen treiben, nimmt man neben dem Sächsischen gern das Schwäbische her, um den dummen August linguistisch zu brandmarken. Jeder Bayer, der daherkauderwelscht, als hätte er einen heißen Knödel im Mund, jeder Norddeutsche, der im Altonaer Proll-Snack herumkrakeelt, jeder Kölner, der tünnes und schält, als hätte er ein 5-Liter-Gebinde seines dünnen Bieres intus, ist fein raus. Die Deppen der Nation sind nun eindeutig andere. Einer muss es ja machen, nehmen wir doch die, die ansonsten auf der Sonnenseite des Lebens stehen, scheint das Motto der Krawall-Klamauker zu sein. Die Tatsache jedoch, dass man das Schwäbisch dabei auch noch verhunzt, Akteure engagiert, die noch nie im Leben schwäbischen Boden betreten, geschweige denn sich mit der Lautmalerei des Dialekts befasst haben, ist wirklich ein Grund, in tiefe Depression zu verfallen. Es genügt eben nicht, an jedes Substantiv die Endung »le« anzuhängen. Es gibt nun mal kein Herdle. Auch ein Pfeffermühlele oder ein Müllschluckerle hat die hiesige Welt noch nicht gesehen. Niemand spricht von Atomkraftwerkle, Lebensmittelskandälele oder Rinderpeschdle, so klein das Risiko für die Bevölkerung auch sein mag. Wer das Schwäbische so verunglimpft, hat nichts verstanden und müsste eigentlich die Rezeptkosten für die bitteren Pillen der Schwaben bezahlen.

Auch von prominenter Seite gibt es wenig Unterstützung. Im Gegenteil. Harry Rowohlt, Zeit-Kolumnist, Lindenstraßen-Darsteller und Übersetzer, der alles außerhalb seines hanseatischen Stammsitzes Hamburg zur Provinz erklärt hat, hat wohl die niederträchtigste Einschätzung des Schwäbischen getroffen. In dem zweiten Teil seiner Essay-Sammlung »Pooh's Corner« erklärt er, dass es ihm das Skrotum zusammenziehe, wenn er Schwäbisch höre. So viel Trollinger kann man ja gar nicht trinken, um dies noch mit Humor zu ertragen.

Die absolute Krone der Demütigung setzen jedoch die jungen Filmemacher den Schwaben auf. In der wirklich sehenswerten Dokumentation »Heavy Metal auf dem Lande«, die das Wirken von Markus Staiger porträtiert, der im schwäbischen Donzdorf das größte unabhängige Heavy-Metal-

Label »Nuclear Blast Records« betreibt und das Örtchen bei Göppingen zu einem Mekka für Hardrock-Fans gemacht hat, werden die gesprochenen Szenen, die einwandfrei und auch ohne mundartliche Grundausbildung zu verstehen sind, hochdeutsch untertitelt. Sapperlott (ugs. für schockschwerenot), wie konnte es so weit kommen? Durch diese cineastische Eulenspiegelei erreicht das Schwäbische den Status der Fremdsprache, jeder in Baden-Württemberg Geborene hat demnach einen Migrationshintergrund und wir wären nicht die, die wir heute sind, wenn wir in diesem Schicksal nicht zugleich eine Chance erkennen würden. Denn eines ist klar: In einer Welt, die immer enger zusammenrückt, müssen Abgrenzungskriterien wie Dialekte erhalten werden, um nicht im Heer der namen- und sprachlosen Globalbürger unterzugehen. Gleichzeitig muss »Schwäbisch« die wohlverdiente Anerkennung erfahren. Nehmen wir sie also an, die Kategorisierung. Wenn Schwäbisch auf andere wie eine Fremdsprache wirkt, muss sie auch fortan so behandelt werden. In allen Hotels müssen dementsprechend schon bald Schwäbisch-Deutsch-Wörterbücher ausliegen, um dem Geschäftsreisenden oder dem Touristen Orientierung zu gewähren. Gastwirte, die bislang Wert auf Originalität legten, sind gezwungen, neben den mundartlich geprägten Speisekarten auch hochdeutsche Fassungen mitzuliefern. Überhaupt wird der Beruf des Übersetzers neuen Zulauf erfahren, unter der Bezeichnung »Schwablator« wird hierzulande ein neuer Ausbildungszweig entstehen. Dessen erste Aufgabe wird es sein, einheimische Kulturgüter wie Lieder, Theaterstücke und Bücher in alle Sprachen dieser Welt zu übertragen, was natürlich den Bekanntheits- und Beliebtheitsgrad der Werke unglaublich erhöhen wird. Auch aus der Politik wird der Schwablator irgendwann nicht mehr wegzudenken sein, vor allem wenn die Herren Kinkel, Späth oder Schäuble an das Rednerpult treten. Nach einer geraumen Zeit, so ist zu vermuten, wird sich die Verhöhnung in Anerkennung verwandeln. Jeder, der des Schwäbischen mächtig ist, wird dies in seinem Lebenslauf erwähnen – so manche Karriere wird vielleicht aufgrund dieser Kenntnis ins Rollen kommen.

Natürlich kann es bei einer solchen Entwicklung nicht nur Gewinner geben. Leidtragende sind einmal mehr die Ärzte und Apotheker. Denn im gleichen Maße wie die Schwablatoren Frohsinn und Heiterkeit ins Land zurückbringen, wird der Tablettenkonsum der ansässigen Bevölkerung sinken. Niemand braucht stimmungsaufhellende Mittel, außer vielleicht diejenigen, die bislang von der kollektiven Depression profitierten. Ganz ohne Risiken und Nebenwirkungen funktioniert halt keine Therapie. Aber damit kennen sich die Betroffenen ja aus.

Finderlohn für Flaschenpost

Es gibt Tage, da will es nicht so recht hell werden. Dichtes Anthrazit absorbiert jegliches Licht, selbst das innere Leuchten bleibt blass. Es scheint fast so, als sei da kein Sauerstoff mehr, der die kleine Flamme Hoffnung nähren könnte. In dieser Atmosphäre gedeihen sie prächtig, die ungeliebten Fragen, die »War alles richtig?« und »Wie soll es werden?«, die »Warums« und »Wozus«. In deren ausgetretenen Pfaden wallen Vergangenes und Ungewisses heran, fügen sich zusammen zu mächtigen Gebilden, die kein Werkzeug zum Einsturz bringen kann.

An Tagen wie diesen ist der Kopf nicht recht zu gebrauchen und so stürze ich mich in ungeliebte Arbeit, die kein Denken erfordert. Geliebte Routine, Putz-Zen. Ich schrubbe mich durch die Wohnung, räume und rücke, als könnte ich dadurch die Schatten vertreiben. Ich sortiere aus und werfe weg, beseitige Spuren, doch den wahren Ballast werde ich nicht los.

An einem dieser Tage führte mich mein Weg aus den zu eng gewordenen Wänden hinaus. Im Gepäck: Altpapier, Flaschen und die Aussicht, den Rückweg unbeschwerter antreten zu können. An den Glas-Containern traf ich auf den Angler. Ich blieb hinter ihm stehen und beobachtete ihn. Mit einer Taschenlampe leuchtete er in den Schlitz des Behälters, linste mit schräg gestelltem Kopf hinein, mit der anderen Hand stocherte er darin herum. Sein behändes Tun ließ seine Routine erahnen, nur ab und zu ertönte ein gläsernes Geräusch, wenn eine Flasche ins Rutschen kam.

»Na, beißen sie?«, fragte ich ihn. Als hätte ich ihn bei einer Straftat ertappt, fuhr er herum und riss beide Hände aus der Öffnung. Er blinzelte nervös. Als er sah, dass von mir keine Gefahr ausging, entspannten sich seine Gesichtszüge.

»Hen Sie mi erschreckt!« Seine Stimme klang rau wie ein Reibeisen, von jahrelangem Tabak- und Alkoholkonsum geschmiedet. Wilde Bartstoppeln sprossen in seinem Gesicht, nicht dicht genug, um seine gelbe, ledrige Haut zu verdecken. Ich wies mit dem Zeigefinger auf seine Beute und lächelte. Er hatte sie in eine Kiste gestapelt, die notdürftig mit zwei Ledergürteln auf dem Gepäckträger seines Fahrrades befestigt war. Er schob mit der Taschenlampe seine speckige Schirmmütze in den Nacken und funkelte mich misstrauisch aus wässrigblauen Augen an.

»Läuft doch ganz gut heute, oder?«, versuchte ich ihn zu einer Antwort zu bewegen und deutete nochmals auf seinen Fang. Er wiegte den Kopf hin und her und nuschelte: »War scho besser. Aber au scho schlechter.«

Ich nickte und er wandte sich erneut dem schmalen Spalt des Grünglasbehälters zu. Er stocherte mit seiner Angel in der Masse herum und es dauerte nur kurze Zeit, bis er mit der Drahtschlaufe eine 1-Liter-Weinflasche erködert hatte. Mit stolzgeschwellter Brust drehte er sich zu mir um und präsentierte mir seine Eroberung.

»Nomol zwoi Cents«, sagte er. »Immerhin.«

Ich hob einen Daumen als Zeichen der Anerkennung und er grinste breit. In seinem Mund klaffte dort, wo einst seine Schneidezähne waren, eine große Lücke, die in einem seltsamen Widerspruch zu den Lachfältchen um die Augen stand. Er legte die Flasche zu den anderen in die Kiste und wischte sich die Hand an seiner schmuddeligen Jacke ab.

»Bier und Sprudel brenget meh«, murmelte er. Noch besser seien die Plastikflaschen, fuhr er fort, aber die finde man nur in den Parks oder in den Grünstreifen entlang des Neckars.

»Am beschde isch's, wenn a Feschdle war. Da gibt's au für mi an Grund zum Feira.« Ein beseelter Ausdruck glättete für einen Moment die Falten in seinem Gesicht. An solchen Tagen erbeute er schon mal 40 Euro, was ein Vielfaches von dem war, was er sonst verdienen konnte.

»Em Schnitt mach i fünf, sechs Euro. Net viel, aber 's reicht, om 's Leba a bissle schener zu mache.«

Er ließ sein Arbeitsgerät wieder auf Wanderschaft gehen und ich sah ihm schweigend zu. Der Grünglas-Weiher schien leer gefischt, doch im Braunglas-Teich lauerten noch fette Brocken. Drei Bierflaschen fanden den Weg in seine Kiste.

»'s isch oglaublich, wie die Leit mit ihrem Geld umganget.«

Er deutete auf den Lohn seiner Mühe und sah mich düster an, so als erwarte er meinen Widerspruch. Ich schwieg angesichts seiner besseren Argumente.

»Älle schaffet wie die Bronnebutzer, om es zu verdiena, ond dann schmeißat se's oifach weg. Mir soll's recht sei, aber versteha kann i des net.«

Verunsichert sah ich in meine Tüte mit Altglas, die ich mitgebracht hatte. Ich konnte noch nicht einmal mit Bestimmtheit sagen, ob ich für die Flaschen Pfand bezahlt hatte oder nicht. Ich hatte mir noch nie Gedanken darüber gemacht. Vielleicht aus der Unbeschwertheit heraus, noch nie in der Lage gewesen zu sein, jeden Cent dreimal umdrehen zu müssen. Der Angler schien meine Gedanken erraten zu können, denn er kam auf mich zu und nahm mir mein Gepäck ab.

»Lass mi mol seha«, sagte er und spähte in die Tüte hinein.

»Guck, du bisch au so oiner. Vier Weinflascha, des sen acht Cents«, rechnete er mir vor. »Des läppert sich mit der Zeit.«

Er hielt mir meine Tragetasche hin, damit ich die Flaschen wieder an mich nehmen konnte, doch ich schüttelte den Kopf.

»Ich schenke sie Ihnen«, sagte ich.

Er zögerte einen Moment, ließ den Blick zwischen mir und der unerwarteten Beute hin- und herschweifen. Dann ließ er mich noch einmal in das schwarze Loch in seinem Mund blicken.

»Da sag I net noi«, meinte er.

Die Begegnung mit dem Alten wirkte lange nach. Ich fragte mich, wie er lebte, wie er wohnte, wie viel Notwendigkeit in seinem Tun lag. Verkörperte er einen, dessen Leben mit oder ohne eigenes Zutun in eine Schieflage geraten war, die er nun geradezurücken versuchte? Oder war er ein Freidenker, der sich nicht in gesellschaftliche Schablonen pressen ließ und den Traum von Freiheit lebte? Der den Preis des Verzichts akzeptierte, ihn womöglich gar nicht als zu hoch empfand, weil er die Erfüllung seiner Wünsche nicht in Abhängigkeit von Geld stellte?

Wie seine Philosophie auch aussah: Er hatte sich die Fähigkeit, Dinge wertzuschätzen, erhalten. Selbst kleinste Beträge bedeuteten für ihn einen großen Gewinn. Und er war einer, der sein Schicksal in die eigenen Hände nahm. Er ging nicht den einfachen Weg, trat nicht dem Chor der Lamentierer bei, um den Wehgesang der Ausweglosigkeit anzustimmen, sondern krempelte die Ärmel hoch, um seine Situation zu verbessern.

Dabei wollte ich ihm helfen. Es sollte kein Almosen sein, ihm nicht das Gefühl geben, dankbar sein zu müssen. Es sollte auch keine Beruhigung meines schlechten Gewissens sein, dass es mir vergönnt war, ein privilegierteres Leben zu führen. Ich wollte ihm nur einige Tage einfacher gestalten und es sollte ganz anonym geschehen.

In meiner nächsten Lieferung für die Altglascontainer befand sich besondere »Post«. Ich deponierte einen zusammengerollten 5-Euro-Schein in einer Flasche und ließ sie besonders vorsichtig in den Behälter gleiten. Dann versteckte ich mich hinter einer Plakatsäule und wartete auf die Ankunft des Anglers. Zu gern hätte ich sein Gesicht bei der Entdeckung der Beute gesehen. Doch er kam nicht. Wahrscheinlich fischte er in anderen Gestaden.

Ich wiederholte diese Spendengabe noch zwei Mal, dann stellte ich sie ein, weil mich die Ungewissheit beschlich, ob die Dreingabe den richtigen Adressaten erreichte.

Es dauerte einige Zeit, bis ich den Alten wieder traf. Der Behälter schien ihn dieses Mal zu verschlingen, so tief steckte sein Arm in dessen Schlund. Er ächzte und stöhnte, während seine Angel innen an der stählernen Wand entlangscheuerte.

Ich näherte mich langsam. Er bemerkte mich, hob die buschigen Augenbrauen zum Gruß, ließ die Angel noch einmal kreisen und zog sie dann ohne Fang wieder hervor.

»Oh je, nicht viel los heute, was?«, kommentierte ich das magere Ergebnis. In seiner Kiste lagen nur vier Weinflaschen. Er zog die Schultern hoch und ließ sie fallen.

»Da kannsch nix mache«, schnaubte er und wischte sich mit dem speckigen Ärmel seiner Jacke die Schweißtropfen von der Stirn. »Solche Tage gibt's au. Aber 's isch gut, dass i Sie treff.«

Er legte sein Fischgerät auf den Behälter, ließ die rechte Hand in seiner Hosentasche verschwinden und zog drei Papierrollen hervor, die er mir hinhielt. Es waren die 5-Euro-Noten, die ich in den Flaschen deponiert hatte.

»I glaub, die ghöret Ihne«, sagte er.

Ich errötete und sah ihn verwirrt an. Er lächelte schief.

»Die Flascha. Die hab i glei erkannt. Des war Ihr Marke. Da oba«, er tippte sich mit dem Zeigefinger gegen die Stirn, »do klappt no älles.«

Ich wusste nicht, was ich antworten sollte. Die Tatsache, dass er meine geheime Mission so mühelos enttarnt hatte, machte mich verlegen.

»Das Geld ist für Sie«, erklärte ich. »Als kleiner Zuschuss, wenn es mal nicht so gut läuft. So wie heute.«

Ich lächelte, doch als sich seine Miene zu verfinstern begann, beschloss ich, auf weitere Ausführungen zu verzichten. Er kam näher, stopfte die Scheine in die Brusttasche meiner Jacke und sah mich durchdringend an.

»Wenn I darauf aus wär, kennt i mi au auf d' Schdroß hocka«, raunte er. Wut und Missachtung für meine verunglückte »gute Tat« klangen in diesen Worten mit. Ich fühlte mich wie ein kleiner Junge, der für eine Missetat die Strafpredigt seiner Eltern erwartete.

»I ben vielleicht net so gscheid wie Sie«, sagte er scharf, »i hab net studiert ond in der Schul war i au koi Käpsele. Aber i hab emmer für mei Geld gschafft.«

Er atmete schwer, sein Blick verlor sich in der Ferne, während er seine Gedanken mit einem Senkblei zu beschweren schien, um sie in die Tiefe der Erinnerung hinabzulassen. Wie Luftblasen in einem Bassin stiegen die Stationen seines Lebens an die Oberfläche. Zögernd zunächst, doch dann aufbrausend, in einem schäumenden Strudel endend.

Als Hilfsarbeiter auf Baustellen, Schraubensortierer in einer Fabrik, Erntehelfer, ja sogar als Totengräber hatte er für seine Familie gesorgt. Die Kinder sollten es besser haben, die Frau auch. Aber dann »zwickte ihn der Teufel in den Rücken und ließ nie mehr los«. Seine Frau konnte mit einem, der mit dem Schicksal haderte, pöbelte und soff, nicht glücklich werden. Und weil die Kinder es einmal besser haben sollten, die Frau auch, verließ sie ihn.

Wir kamen wieder im Hier und Jetzt an. Sein Blick wurde klarer, die Miene grimmiger.

»Mir hot no koiner ebbes im Leba gschenkt. Aber des brauch i au net«, sagte er barsch. Ich fühlte Scham in mir hochsteigen. Ich schämte mich dafür, dass ich mich über ihn erhoben hatte. Ich wollte mich entschuldigen, doch mir wollten die passenden Worte nicht einfallen, also schwieg ich.

Er drehte sich wortlos um, nahm die Angel und ließ sie im Braunglascontainer verschwinden. Mich beachtete er nicht weiter.

»Darf ich Sie wenigstens zu einem Bier einladen«, unternahm ich einen letzten Versuch, die Wogen zwischen uns zu glätten. Er zog eine Saftflasche hervor, betrachtete sie kurz, dann warf er sie wieder zurück.

»Noi, mit em Saufa han i scho lang aufghört. Des brengt ja nix.«

Er kicherte, als er nacheinander eine Bier- und eine Weinflasche ans Tageslicht beförderte. »Aber ganz losgworda bin i dr Alkohol net.«

Er drückte den Rücken durch und stöhnte dabei laut auf.

»Außerdem hot mi mei Kreuz heit wieder am Wickel. I glaub, i gang hoim.«

Er legte die Drahtschlaufe in die Kiste auf dem Gepäckträger, nahm die Lenkstange seines Fahrrads, schob das Vehikel nach vorn, so dass die Standvorrichtung nach oben klappte, wendete umständlich und versuchte sich auf den Sattel zu hieven.

»Moment noch«, rief ich ihm zu. Er hielt in der Bewegung inne und drehte sich zu mir um. Ich nahm einen Fünf-Euro-Schein aus meiner Brusttasche und legte ihn zu den Flaschen.

»Finderlohn. Für das Geld, das ich fast verloren hätte. Dagegen lässt sich ja wohl nichts sagen, oder?«, sagte ich. Er überlegte einen Moment, dann nickte er. »Des kammer macha.«

Er stieß sich mit einem Bein am Boden ab, schwang sich auf den Sattel und rollte wacklig davon.

Schraidle ermittelt: **Tiefer geht's nimmer!**

	(Das Telefon klingelt.)
Ich:	Ja?
Schraidle:	Schraidle hier. Hen Sie mei I-Mehl kriggt?
Ich:	Welche meinen Sie? Es waren ja doch eine ganze Menge in letzter Zeit.
Schraidle:	Die mit dem Tiefschlaf.
Ich:	Hm, an die kann ich mich nicht so recht erinnern.
Schraidle:	I han Sie gfrogt, ob Sie mir erkläre kennat, was Tiefschlaf isch?
Ich:	Ach so, die. Naja, der Tiefschlaf ist eine der Phasen, die der Mensch während seines Schlafes durchläuft. Er verläuft meines Wissens traumlos und macht ungefähr 20 Prozent ...
Schraidle:	Ha noi, i han Ihne doch a viel bessere Erklärung gebba.
Ich:	Ach ja?
Schraidle:	Ja, haidenai, Sie müsset des au lesa, was i Ihne schreib. Also: Neilich han i dreimt, dass i schlof und davon dreim, dass i dreim. Des isch Tiefschlaf. Tiefer ko mr doch gar net schlofa, oddr?
Ich:	Nein, da haben Sie recht. Tiefer geht's wirklich nimmer.
Schraidle:	Na also. Dann schreibat Se sich's uff. Mr woiß nie, wozu mr's braucha ka.

Traumjobs für Berufene

Wenn die Bundesanstalt für Arbeit ihre monatliche Statistik bekannt gibt und in kühnen Vergleichen errechnet, dass es im Vorjahr, ja sogar im Vormonat noch schlechter um die Republik bestellt war, dann sehen die Arbeitnehmer im Musterländle zwar besorgt drein, aber lassen sich nicht aus der Ruhe bringen. Müssen sie auch nicht. Denn sie wissen: In der Region, in der Trollinger und Preschdlingsgsälz statt Milch und Honig fließen, wird geforscht, entwickelt und gewirtschaftet wie sonst nirgendwo in Europa. Da wird jede Hirnwindung gebraucht. Und auch jede helfende Hand, die einen Schraubenzieher festhalten oder eine Computermaus bedienen kann. Selbst Menschen, die sich in der Umklammerung der niedrigsten Arbeitslosenquote Deutschlands befinden, dürfen hoffnungsfroh in die Zukunft blicken. Dafür sorgt ein neuer Positiv-Trend, der die Wirtschaftsunternehmen durchdringt. Sie geben den Suchenden den Glauben an eine heile Welt zurück und sie tun es, indem sie Stellenanzeigen schalten, die Mut machen. Es könnte einem zuweilen glatt die Tränen der Rührung in die Augen treiben, so unbedarft, so scheu und liebevoll gehen sie zu Werke. Welches Herz eines Erwerbslosen könnte zum Beispiel bei der folgenden Überschrift unerweicht bleiben:

»Ist es ein Job? Oder ist es Ihr Leben?«

Jawoll, nieder mit den langweiligen, kleingeistigen Einleitungen von Inseraten. Der Arbeitssuchende hat ein Recht auf Pathos. Menschen mit Herzblut und Hirnschmalz braucht das Gewerbe, Leute, die sich berufen fühlen und nicht stupide in Pflichterfüllung erstarren. Es geht noch weiter, denn dieses

Unternehmen will es wirklich wissen. Spätestens bei der Zeile »Es gibt sie noch: Dinge, deren Faszination man sich nicht entziehen kann, Aufgaben, die beflügeln, Herausforderungen, die glücklich machen« muss es doch jeden, der des Schreibens mächtig ist, arbeitslos oder nicht, an den PC treiben. Aber was wird eigentlich gesucht? Das erfährt der geneigte Leser im Kleingedruckten: Ausgelobt werden die Traumjobs Metallograph und Prüfstandsmechaniker. Faszination Werkstoffcharakterisierung, wer könnte sich diesem Abenteuer entziehen? Wer fühlt nicht den Adrenalinspiegel steigen bei dem Gedanken, eine Schadensanalyse durchführen zu dürfen? Und wann sonst als während der Überwachung des Dauerlaufs eines Spezialprüfstandes wird einem wahres Glück zuteil?

Hier werden Menschen an die Maschinen gerufen, die sich nicht von Vorschulphantasien anstecken ließen und von der eigenen Tierarztpraxis träumten, sich auf den Bühnen der Welt agieren sahen oder eine Karriere als Finanzbeamter anstrebten. Auf die Frage: »Was willst du denn mal werden?«, antworteten sie im Brustton der Überzeugung: »Ich werde Metallograph. Oder Prüfstandsmechaniker.«

Um ihren Worten Nachdruck zu verleihen, ließen sie den Vorschlaghammer auf Papas Schraubstock sausen, bis er nicht mehr zu öffnen war und bekamen dafür ein lebenslanges Werkstattverbot. Doch Kinderträume brennen sich in die Herzen ein und dort schlummern sie im Dornröschenschlaf, bis sie von Anzeigen wie dieser wach geküsst werden.

Autofans mit Tendenz zum Materialismus werden womöglich eher zum Kfz-Leasing-Unternehmen wechseln, das mit der Überschrift wirbt: »Der clevere Weg zum Traumwagen. Und zu Ihrem neuen Job.« Aber hier ist Obacht geboten.

Den Traumwagen gibt es natürlich nur für den Leasing-Kunden, zu dem sich der Bewerber gern erklären darf, allerdings ist mit erheblichen Gehaltseinbußen zu rechnen. Wer also unbedingt dem Lockruf des Golfes folgen will, sollte sich der Vertriebsgesellschaft von Süßwaren anschließen, die damit wirbt »... und einen Firmenwagen fahre ich auch!«. Aha, denken sich die Freunde des Verbrennungsmotors, ich ahne zwar, wer ich bin, aber wer ist in diesem Falle »ich«? »Ich« ist die Verkaufsförderin B. Schmitt, von der das Zitat stammt. Frau Schmitt lässt uns wissen, dass sie nicht nur in der Lage ist, einen Pkw zu steuern, sondern sie versorgt zudem ihre Kunden mit Top-Produkten. Schokolade, Bonbons, Kaugummi sind gemeint und sogleich ist wieder der Leser gefordert: »Trauen Sie sich das auch zu?« Dies wird den meisten Führerscheinbesitzern ein verschmitztes Lächeln abringen: Einen Pkw, bis unter das Dach mit Süßkram gefüllt, durch die Lande schaukeln, das kennt man noch von der letzten Tankstellenrast auf dem Weg nach Bielefeld, als die Kinder zu quengeln begannen. Kann ja wohl jeder.

»Wo finde ich eine Aufgabe, bei der ich weiter denken kann?«, fragt eine Versicherungsgesellschaft und bleibt mit ihrer Antwort seltsam unentschlossen. »Gute Frage«, gibt sie zu und kommt zur Sache: Konzerncontroller/in gesucht. Die erste Aufgabe des Kandidaten müsste es wohl sein, die Identität des Unternehmens geradezubiegen, denn so viel Zurückhaltung dürfte in dieser Branche wenig umsatzförderlich sein.

Da ist ein Konkurrent schon zuversichtlicher. »Menschen machen Versicherungen erst gut«, behauptet die Gesellschaft und hat damit so recht. Wer erinnert sich nicht gern an Herrn

Kaiser? Den haben wir doch alle sehr gemocht. Der hat immer so nett gelächelt, war immer so gut angezogen und er war überall anzutreffen. Im Fußballstadion, auf der Straße, im Restaurant. Nur bei der Arbeit, also in seinem Büro, war er nie. Das versteht jeder Arbeitssuchende.

Die Liste der Mut machenden Beispiele könnte endlos fortgesetzt werden. Ja, dieses Land ist im Aufbruch, wir ziehen uns selbst aus der Krise. Die Erfolgszahlen, die in die Welt hinausposaunt werden, sprechen eine deutliche Sprache. So auch eine schwäbische Bausparkasse, die den höchsten Gewinn in ihrer Geschichte meldet. Dabei haben wir doch alle immer gedacht, bausparen sei spießig. Ist es nicht. Wie fortschrittlich das Unternehmen ist, zeigt sich im zweiten Teil der Jubelarie. Denn da steht zu lesen, dass der sozialverträgliche Stellenabbau fortgesetzt wird. Das kann eigentlich nur bedeuten, dass zunächst alle Metallographen/Prüfstandselektroniker entlassen werden, gefolgt von den Menschen mit Führerscheinklasse 3, dann die Controller und zuletzt diejenigen, die Versicherungen erst gut machen. Das wäre zwar schlecht für die Bausparkasse, denn damit wären alle Arbeitnehmer weg, die sich berufen fühlen. Den Arbeitsmarkt würde es jedoch nicht weiter treffen. Denn für diese Leute ist gesorgt.

Schlafgenuss in vollen Zügen

Es zeichnet mich sicherlich nicht als sehr fortschrittlichen Menschen aus, wenn ich zugebe, dass ich größere Strecken am liebsten im Zug zurücklege. Womöglich wird mir das in Zeiten der Billigflüge rund um den Globus sogar als reine Prahlerei ausgelegt. Schließlich legt diese Art des Reisens die Vermutung nahe, ich könnte über zu viel Zeit und über erhebliche finanzielle Mittel verfügen. Denn zwei Eigenschaften besitzt die Fortbewegung mit der Bahn sicherlich nicht: Sie ist weder schnell noch günstig.

Eigentlich ist sie auch nicht bequem. Die Hersteller der modernen Waggons scheinen die Abstände zwischen den Sitzreihen auf die Beinbeugewinkel von Zwergpygmäen ausgerichtet zu haben. Alle anderen Reisenden ab einer Körpergröße von einem Meter vierzig haben kaum eine Chance, ihre Beine in eine entspannte Position zu bringen. Zumal dringend ein Plätzchen für das Gepäck freigehalten werden muss, denn der zur Verfügung gestellte Stauraum reicht gerade mal aus, um die Schminkutensilien der Damen unterzubringen.

Teuer, unbequem und langsam. Was kann einen vernünftigen Menschen wie mich dazu verleiten, den Zug als Reisemittel zu wählen? Ich gebe es zu. Es ist eine gehörige Portion verklärter Romantik, die mich zum Bahnfahrer werden lässt. Endlich Zeit haben, über das Leben und die Welt, über Vergangenheit, Gegenwart und Zukunft nachdenken. Dieses Nicht-entrinnen-Können, die temporäre Abkapselung vom Alltag, die mir ihren ureigenen Rhythmus aufzwingt, den ich nur zu gerne annehme, da sie mich Dinge tun lässt, zu denen ich sonst so selten komme. Musik hören, lesen, dem Rattern der Schienen nachlauschen, interessante Menschen treffen, mit ihnen den Austausch pflegen.

Zugegeben: Bislang habe ich auf meinen vielen Zugfahrten noch nie einen interessanten Menschen getroffen, geschweige denn den Austausch mit ihm gepflegt, aber ich bin sicher, dass dies eines Tages geschehen könnte. Von meiner Autoren-Kollegin Nina weiß ich, dass es ihr andauernd passiert. Ständig trifft sie Kernphysiker, Ozeanologen, Science-Fiction-Schriftsteller, Opernsänger, Balletttänzerinnen und Greenpeace-Aktivisten im Zug. Jedes Mal, wenn sie von einer Reise zurückkommt, erzählt sie mir von ihren Begegnungen, von den wahnsinnig aufregenden Gesprächen, von neuen Erkenntnissen, die sie natürlich sofort in ihren Büchern verarbeitet. Diese Kontakte reißen auch nicht ab. Fast täglich flattern Einladungen dieser Menschen für sie ins Haus, die in den besten Locations der schönsten Städte rauschende Feste feiern und dabei in einem Meer an Prominenten ihre Psyche baden.

Ich wiederum scheine in Zügen nur für Hilfeleistungen zu taugen. Ich darf älteren Damen die Koffer in die Gepäcknetze heben, darf mich um festgekeilte Fußstützen des Sitznachbarn kümmern und werde als Schlichter bei Reservierungsstreitigkeiten herangezogen. Mehr war bislang nicht drin.

Allerdings werde ich das Gefühl nicht los, dass es auch ein bisschen an mir liegen könnte, dass meine Bahnfahrten so kontaktarm ablaufen. Denn ein Grund, warum ich so gern mit der Bahn reise, ist der, dass mich Zugfahrten in einer Weise entspannen, wie es mir in meiner gewohnten Umgebung nicht möglich ist. Sobald ich Platz genommen und meine Rückenlehne in die richtige Position gebracht habe, sobald ich das gleichmäßige Fahrtgeräusch vernehmen kann, schlafe ich ein. Das dauert in der Regel nicht länger als 15 Minuten. Den Zeitraum davor überbrücke ich damit, den Reiseproviant zu verzehren, denn ein »Danach« gibt es in den seltensten Fällen. Meist muss ich den Schaffner darum bitten, mich kurz vor meinem Ziel zu wecken, um meinen Ausstieg nicht zu verpassen. Nicht selten übernimmt diese Aufgabe der Reinigungstrupp, weil unterwegs ein Besatzungswechsel der Zugbegleiter stattgefunden hat. Und selbst diese Leute wollen mir ihre Lebensgeschichte nicht anvertrauen, weil mein zerwühltes Aussehen nach dem Erwachen und der Speichelfaden aus meinem Mundwinkel, der sich um die Restkrümel am Kinn schlängelt, nicht unbedingt zu einem Gespräch mit mir einladen.

Meine Lebensgefährtin, die mich zuweilen auf den Reisen begleitet, hat noch eine andere Erklärung. Sie behauptet, es läge an meiner Art zu schlafen, die sich im Zug in keiner Nuance von meinen üblichen Gewohnheiten unterscheidet. Ich schnarche nicht nur, sondern gebe auch andere Geräusche von mir, zuweilen würde ich auch sprechen und üble Verwünschungen ausstoßen. Außerdem würde ich mich hin- und herwälzen und das könne auch der geduldigste Mitreisende keinesfalls länger als zehn Minuten aushalten.

Ob es mir denn nicht aufgefallen sei, dass die Plätze neben mir zu Beginn der Reise immer besetzt, am Ende jedoch immer frei wären. Die Menschen zögen es vor, sich auf ihre Koffer in den Abteilvorräumen zu setzen, als neben mir auszuharren und Gefahr zu laufen, bei einer Drehung den Ellenbogen in die Magengegend gebohrt zu bekommen.

Ich glaube zwar, dass sie übertreibt, aber dennoch trage ich mich mit dem Gedanken, dies einmal in einem Schlaflabor untersuchen zu lassen. Insgeheim hoffe ich, dass eine der kommenden Zug-Baureihen damit ausgestattet wird. Dann könnte ich zwei Fliegen mit einer Klappe schlagen: neue Erkenntnisse über mein Schlafverhalten erkunden und völlig relaxed am Reiseziel ankommen. Ich finde, das wäre ein gerechter Ausgleich für die vielen Geschichten, die ich verpasse.

Boris Becker – du hast meine Liebe zerstört!

Es mag sich anhören wie das wichtigtuerische Geschwätz eines Stammtischbruders, aber diese Geschichte ist wahr. Kein Medium dieser Welt druckte je eine Zeile über dieses Ereignis, kein Reporterteam wurde mit Mikrofonen und Kameras losgeschickt, um mein Elend zu dokumentieren. Denn ich habe geschwiegen. Um einen zu schonen, der ein Dauer-Abo auf die Achterbahnfahrten des Lebens zu haben scheint. Einen, bei dem Erfolg und Skandal Hand in Hand gehen, als seien die beiden ein unzertrennliches Paar, auf immer durch das Band seines Schicksals verbunden. Ich habe still gelitten, während er Licht und Schatten durchschritt. Doch nun ist es zu mächtig geworden, das Gefühl der ewig Betrogene zu sein. Es muss raus, die Öffentlichkeit hat ein Recht es zu erfahren: Boris Becker hat meine erste Liebe auf dem Gewissen. Er entriss sie mir, nahm sie mir weg und ich blieb allein zurück. Wütend, traurig und mit einer Tennis-Socken-Phobie, die bis heute nicht therapiert werden konnte. Und das kam so.

Es gab eine Zeit, da war ich des Lesens müde geworden. Träge und vorwurfsvoll glotzten mich die Klassiker aus den Regalen an, die Bretter bogen sich unter deren Inhaltsschwere. Hie und da lockte mich ein faszinierender Rücken, der keck, fast schon frivol, aus den geschlossenen Reihen hervorlugte. Nur schwer konnte ich der Verführung widerstehen, es fehlte nicht viel und ich wäre diesem Lockruf erlegen und hätte mich, einem Lemming gleich, in die sanft gekräuselten Wellen der Dichtkunst geworfen. Sicherlich wäre ich darin ertrunken, wenn sich nicht eine Insel aus den Fluten erhoben hätte, an deren Gestaden ich einfache Sinnesfreuden vermutete. Mir war nach purer Unterhaltung zumute, nach einem bunten Feuerwerk an Naivität und intellektuell leichter Kost. Ich wollte fernsehen. Zu meinem Glück fehlte mir nur noch eines: das entsprechende Empfangsgerät.

Ich wollte mich schon auf den Weg zu einem Fachgeschäft begeben, da flüsterte mir Genosse Vernunft zu, ich möge doch die Kosten dieser Anschaffung bedenken und den Kauf eines gebrauchten Gerätes in Erwägung ziehen.

»Geht klar«, beherzigte ich den Rat und in heller Vorfreude prüfte ich den letzten Kontoauszug. Die wenigen Stellen vor dem Komma, um nicht zu sagen diese einzelne, die Monat für Monat nur kurz Gesellschaft hatte, überzeugten mich, dass es meine innere Stimme gut mit mir gemeint hatte.

Ein Blick in die Branchenübersicht des örtlichen Telefonbuches verriet, dass sich in der Nähe meiner Wohnung ein Händler befand, der sowohl neue als auch gebrauchte Fernsehapparate führte. Zehn Minuten später stand ich in seinem Laden. Das Geschäft hatte schon bessere Zeiten gesehen. Die Schaufenster waren von einer rußig-schmierigen Schicht überzogen, irgendjemand hatte »1988 – das Jahr der Erdbeere« in den Dreck geschrieben. Auch das Sortiment erinnerte an ein Jahrzehnt, in dem die Beatles ihre größten Erfolge gefeiert hatten, und geleitet wurde dieses Mekka für Techniknostalgiker von einem älteren Herrn, der in einem grauen Arbeitsmantel steckte. Diesem trug ich meinen Wunsch vor, er verschwand in einem Nebenraum und kam mit einem nussbraunen Kasten zurück, den er ächzend auf den Verkaufstresen hievte. Ein Spitzenangebot, versicherte er mir. Keine zehn Jahre alt, einwandfreie Bildqualität, zwölf Kanäle, ein jeder blitzschnell mittels mitgelieferter Fernbedienung ansteuerbar, zum sagenhaft günstigen Preis von 150 Euro. Wir wurden uns handelseinig und so schleppte ich die Neuanschaffung in mein trautes Heim. Dabei gewann ich allerdings den Eindruck, dass sich die Strecke verdoppelt haben musste, was im kausalen Zusammenhang mit dem massiven Korpus meines Gepäckstückes stand. Eine halbe Stunde später und drei Stockwerke höher, ohne Lift versteht sich, befand sich das Objekt meiner Begierde an seinem ihm zugedachten Platz und erfreute mich mit Ton und Bild.

Fünf Tage hielt dieser Zustand der Glückseligkeit an, dann besuchte mich ein Freund, der mit mir mein Entzücken teilen wollte. Raumschiff Enterprise durchkreuzte soeben zum wiederholten Male die Galaxien und Kirk, Spock und »Pille« ließen sich fröhlich hin- und herbeamen.

Es hätte stundenlang so weitergehen können, doch mein Gast war nicht zufrieden.

»Wieso ist denn der Spock so grün im Gesicht?«, fragte er erstaunt.

»Is' doch klar. Er ist Vulkanier – das weiß man doch«, erwiderte ich.

»Ja, aber der Kirk ist kein Vulkanier. Und der hat ebenfalls eine grüne Birne. Mit dem Apparat stimmt was nicht.«

Die respektlose Redeweise meines Besuchers gefiel mir ebenso wenig wie die Tatsache, dass er an meinem Neuerwerb Kritik übte.

»Vielleicht ist ihm bloß schlecht. Jahrelang nur Astronautennahrung, das verträgt halt nicht jeder«, gab ich schnippisch zurück.

»Ne, guck doch mal, selbst die Ohura. Tiefstes Dunkelgrün. Wenn das mal nicht die Bildröhre ist.«

Ich hatte den Spaß an dem Weltraumabenteuer verloren und wechselte das Programm. Eine Sprecherin mit mintfarbenem Teint verlas das Programm. Ich zappte weiter. Zwei froschfarbene Boxer schlugen sich die Lippen grasgrün. Weiter. Eine Versammlung der Grünen – nie wurden sie ihrer Parteifarbe so gerecht. Zapp. Die Band Green Day spielte zum Tanz. Entnervt schaltete ich ab.

In gar nicht Guter-Freunde-Manier verließ mich mein Gast, als ich die Bitte äußerte, mir beim Transport des beschädigten Gerätes behilflich zu sein, und so trug ich es alleine den langen Weg zum Händler zurück.

Dort angekommen, ergab eine kurze Untersuchung, dass die Diagnose meines Bekannten richtig gewesen war.

»Was können wir tun?«, fragte ich verzweifelt.

»Da kammer nix meh macha. Repariera lohnt sich net. Aber koi Sorg, ich hab ebbes für Sie.« Der Alte verschwand nach nebenan und kam mit einem Monstrum an TV-Apparat zurück.

»Ein Subbr-Schnäpple«, brachte er schwer atmend hervor, »nur sechs Jahre alt, fünfzehn Programme, eiwandfreie Bildqualität und an extragroßer Bildschirm. Sie werdat denka, Sie sen em Kino. Ond 's Beschde isch ...«, er setzte das Gerät vor mir ab, zog ein Taschentuch aus der Tasche seines Kittels und wischte sich damit den Schweiß von der Stirn, »... des gute Stick koschded bloß no 100 Euro ekschtra.«

Kein schlechter Handel, doch ich hatte meine Zweifel, dem Ungetüm einen geeigneten Platz zuteilen zu können.

Die Versicherung des Verkäufers, ich könne den Apparat jederzeit umtauschen, ließen meine Bedenken schwinden.

Die Rückreise verlief ohne besondere Vorkommnisse, wenn man davon absieht, dass ich zweimal von Passanten beatmet werden musste. Erschöpft aber glücklich erreichte ich heimisches Gefilde und dieser Zustand der völligen Zufriedenheit hielt auch tatsächlich einige Minuten an, bis ich feststellte, dass ich mit meiner Größen-Einschätzung Recht gehabt hatte. Das Gerät ragte an jeder Seite mindestens einen halben Meter über das Fernsehtischchen und drohte stetig zu einer Seite abzukippen. Es gab keine andere Möglichkeit: Ich war gezwungen, es auf dem Fußboden abzustellen. Keine schöne, aber eine originelle Lösung, die dem Raum eine eigene Note verlieh.

Das Bild war perfekt, ich hatte drei Programme mehr als zuvor, ich brutzelte Popcorn und trank Cola aus Eimern, um dem Kinoerlebnis noch näher zu kommen. Und dennoch konnte das Vergnügen, das von meiner Neuanschaffung ausging, nur als suboptimal bezeichnet werden. Ich bemerkte es eines Nachts, als ich schlaftrunken meine Wohnung durchquerte, um in der Küche ein Glas Wasser zu trinken. Überflüssig zu erwähnen, dass ich diesen Weg ohne Hinzunahme von Lichtquellen antrat. Hier erwies sich Televisionus Giganticus als Hindernis, das auch den behändesten Nachtwanderer zu Fall gebracht hätte. Bei dem ersten Sturz blieb zwar meine Physis verschont, doch offensichtlich hatte der Teil des Gehirns, der für das Erinnerungsvermögen zuständig war, Schaden genommen und so wiederholte sich das Schauspiel jede Woche mindestens zwei Mal. Auch bei Reinigungsaktionen der Wohnung erwies sich das Möbel als unumgehbar. Die Folge war, dass sich fremdartiges Getier hinter dem Gerät verschanzte, um mich und den Staubsauger zu verhöhnen. So hart die Entscheidung auch war: Der Apparat musste weg und so sammelte ich mehrere Tage Mut und Kräfte und schleppte ihn zum Händler zurück. Der wollte jedoch weder mich noch meine Last erkennen, konnte sich auch nicht an sein Versprechen erinnern, den Kauf rückgängig machen zu wollen. Erst als ich ihn ein wenig mit dem Netzkabel würgte, stimmte er einem Umtausch zu, so denn sich in seinem Lager etwas Entsprechendes fände. Es schien Stunden zu dauern, bis er wieder erschien. Doch das, was er in den Armen hielt, raubte mir den Atem. Dies war kein Fernseher, dies war eine Schönheit: ein schneeweißes Gerät, nicht zu groß, nicht zu klein, mit funkelnder Bedienungsleiste und einer neongrünen Programmanzeige, die mir zuzuzwinkern schien. Das Chassis so wohlgeformt, straff und prall als sei Dolly Buster Modell gestanden, der Bildschirm so glatt und seidig schimmernd wie die Haut von Veronica Ferres. Ich stand da, geblendet, mit Tränen in den Augen und stammelte: »Ja, ich will.«

Der Alte, ein wenig überrascht über meine Reaktion, gab zu, dass der Apparat noch nicht ganz einsatzfähig sei, stellte mir jedoch in Aussicht, dass ich ihn zwei Tage später abholen könne. Ein kleiner Aufpreis sei jedoch fällig. Wir einigten uns nochmals auf einen Zuschlag in dreistelliger Höhe.

Ich lief wie in Trance nach Hause, war nicht mehr ich selbst. Meine Gedanken waren erfüllt von ihr – Thalia wollte ich sie nennen, nach der Muse des Lustspiels. Ich malte mir aus, wie wir uns durch ihr projiziertes Bild in fremde Welten tragen ließen, an einsamen Stränden Sonnenuntergänge betrachteten, wie wir uns zu »9 ½ Wochen« liebten und zu »Vom Winde verweht« ewige Treue schworen.

Am Tage unserer Vermählung war ich aufgekratzt wie nie zuvor. Meine Hände trieften vor Schweiß, mein Puls raste. Alles um mich herum war rosarot gefärbt, herrlichster Blütenduft betörte meine Sinne und auf einem fein gewobenen Teppich süßer Melodien, von tausend Geigern variantenreich vorgetragen, schwebte ich zum Ort der Zusammenführung. Ich hatte mich auf diesen großen Moment vorbereitet, war beim Frisör gewesen, hatte meinen besten Anzug angezogen und eine Fliege umgebunden.

Schwer atmend stürmte ich zur Ladentür herein, an der mich der Händler mit verklärtem Blick empfing. Was er denn für mich tun könne, fragte dieser scheinheilige Patron.

Er schien verändert, sah wesentlich gepflegter aus als die Male zuvor. Der Arbeitsmantel war einem braunen Jackett gewichen, die Haare, die er sonst in dünnen Strähnen quer über den kahlen Schädel gelegt hatte, waren streng zurückgekämmt. Überhaupt schien er um Jahre verjüngt. Er strahlte förmlich vor Glück und das verzückte Grinsen stieß mir einen brennenden Dorn der Eifersucht ins Herz.

»Wo ist sie?«, schrie ich, schob den Nebenbuhler zur Seite, riss den Vorhang zum Nebenraum auf. Er verfolgte mich mit hektischen Gesten und sprach beschwörende Worte.

Da stand sie. Unter all dem Gerümpel, das achtlos auf der Erde lag, leuchtete sie in ihrer ganzen Pracht, schöner und strahlender als je zuvor. Ein weißes Deckchen zierte ihr Haupt, ein Schleier, der ihre Erscheinung noch engelsgleicher machte. Wie eine ungeduldig wartende Braut sah sie aus. Anklagend, so als wollte sie sagen: »Wieso kommst du so spät?«

Voller Schuldgefühl senkte ich den Blick, bis ich erkannte, dass es nicht etwa ein Altar war, vor dem sie auf mich gewartet hatte. Sie stand vor einer Schlafcouch mit zerwühltem Bettzeug.

»Was hast du mit ihr gemacht?«, brüllte ich den Alten an und packte ihn am Kragen seiner Jacke. Ich wollte dem Ehebrecher eben schon mit einer Antenne die Durchtriebenheit aus dem Anzug prügeln, doch er wich aus und verschwand hinter einer alten Musikbox.

»Bitte, i han en Fehler gmacht. I kann ohne sie nemme leba. Suchet Se sich a andre«, jammerte er.

»Niemals. Thalia, sie ist mein! Für immer und ewig!« Die letzten Worte röchelte ich und verdrehte die Augen. Wie von Sinnen schlug ich mit dem Antennenkabel auf die Musikbox ein, die schließlich ansprang und »Liebeskummer lohnt sich nicht ...« von Siw Malmquist intonierte.

»Aufhöra, aufhöra. Sie kennat se habe.« Kleinlaut gab mein Widersacher nach. Ein letzter Hieb, ein kurzes Kratzen der Plattennadel, die sich unsanft ihren Weg über die Vinylrille bahnte, um sich kurz danach mit »Marmor, Stein und Eisen bricht« zurückzumelden.

»Aber an kloine Zuschlag muss i nemma. Sen 300 in Ordnung?« Der Heuchler drückte eine Träne aus dem Augenwinkel und schniefte lautstark. Ich hätte jeden Preis für sie bezahlt. Liebestrunken stürzte ich mich auf sie, nahm sie fest in meine Arme und trug sie über die Schwelle. Wie leicht sie war. Der Heimweg hätte hundertmal so lang sein können, nie wäre ich müde geworden, und so schwebten wir unserer gemeinsamen Zukunft entgegen.

Die nächsten Monate befanden wir uns im siebten Himmel der Liebe. Wir tanzten zu den Hits von »Top of the Pops«, sangen fröhlich bei der »Volkstümlichen Hitparade« mit, diskutierten mit den Gästen von Sabine Christiansen, liebten uns bei »9 ½ Wochen« und schworen uns bei »Vom Winde verweht« ewige Treue.

Natürlich gab es in unserer Beziehung auch Krisen. Ich hatte bemerkt, dass sie immer, wenn ich den Raum verließ, um den Vorrat an Knabbereien aufzufüllen, oder wenn mich die Programmvielfalt überforderte und ich eingeschlafen war, fremden Männern nachstellte. Ich ertappte sie dabei, wie sie mit Film-Beaus flirtete. Richard Gere, Harrison Ford, Mel Gibson, Tom Cruise, Robert Redford, Leonardo DiCaprio – sie schien nichts auslassen zu wollen, sie hatte sie alle.

Zur Rede gestellt, gab sie sich unschuldig und versuchte die gute Stimmung wiederherzustellen, in dem sie Pamela Andersons beste Szenen aus »Baywatch« zusammenstellte. Es gelang ihr immer wieder, mich zu betören, mich zu verführen und wer kennt es nicht: Die Versöhnung nach einem Streit kann wunderschön sein.

Dann kam der Tag, an dem sich alles änderte. Der Tag, an dem Boris Becker meine Liebe zerstörte. Mit einem einzigen Schlag beendete er unser Glück. Thalia und ich sahen uns gerade ein Match aus seinen besseren Tagen an. Becker schlug eines seiner berüchtigten Asse und da geschah es: Mit einem lauten »Bump« schied sie aus meinem Leben. Alle Rettungsversuche meinerseits blieben vergebens. Meine Wiederbelebungsversuche durch Defibrillation – Stecker raus, Stecker rein, Stecker raus, Stecker rein – schlugen fehl und selbst die künstliche Beatmung – mit einem Föhn ließ ich heißen Atem in ihre Luftschlitze strömen – konnte sie nicht mehr retten. Der herbeizitierte Notdienst stellte nur noch ihren Exodus fest. »Durchgebrannt«, »überlastet«, »altersschwach« – die Obduktionsergebnisse ergaben keinen Sinn für mich. Thalia hatte mich verlassen. Endgültig. Abrupt. Ohne Abschiedswort.

Ich war fassungslos und konnte tagelang nichts mehr essen, geschweige denn meiner Arbeit nachgehen. In meiner Trauer umarmte ich immer wieder das, was mir von ihr geblieben war und trug ihren leblosen Körper, hemmungslos weinend, durch die Wohnung.

Mit der Zeit gelang es mir, den nötigen Abstand zu gewinnen. Es fiel mir schwer einzusehen, dass ich aufhören musste, sie an alle meine Lieblingsplätze mitzunehmen, um mich mit stumpfsinnigem Blick vor sie zu setzen. Ich wusste irgendwann keine Antworten mehr auf die Fragen der Passanten und ich war es auch leid, den Ordnungshütern Auskünfte über meine geistige Verfassung zu geben.

Ich habe Thalia einem Künstler geschenkt, der sie in eine Installation namens »Das Matriarchat der Moderne« eingearbeitet hat. Auf diese Weise habe ich ihr die Unsterblichkeit verliehen, die sie verdient.

Einen neuen Apparat habe ich mir nicht angeschafft. Ich habe mich wieder dem geschriebenen Wort zugewandt. Bücher sind genauso farbig, unterhaltsam, abwechslungsreich, spannend und lehrreich wie das beste TV-Programm, mit einem entscheidenden Unterschied: Dahergelaufene Mimen und Asse spielende Tennis-Profis können ihnen nichts anhaben. Sie bleiben allen, von denen sie geliebt werden, treu bis ans Lebensende.

Schraidle ermittelt: Der Präsidentsfall

(Das Telefon klingelt.)

Ich: Ja?

Schraidle: Schraidle hier. I han Ihne doch a I-Mehl geschickt. Henn Se die glesa?

Ich: Natürlich. Ich lese grundsätzlich alles, was Sie mir schicken.

Schraidle: Ond? Han i a Schahs, wenn i die Leid verklag?

Ich: Wen wollen Sie verklagen?

Schraidle: Ha, die Betreiber von derra Boiz. Dort, wo mr essa kann, so viel mr will.

Ich: Ach so, dieses Lokal, das in Ihrer Nachbarschaft eröffnet hat. Mit dem »All you can eat«-Angebot.

Schraidle: Genau die.

Ich: Warum wollen Sie denn diese Leute verklagen? Haben Sie sich den Magen verdorben?

Schraidle: Ha noi. Des han i Ihne doch scho gschrieba. Es isch doch so. »Oll ju kän iht« hoißt doch »So viel wie neibassd«. Hot mei Neffe gsagt und des isch a Schdudierter. Des muaß mr mir net zwoimol saga. Seitdem bin i jeden Middag dort. Ond dafir verlang i jetzt Schadenersatz.

Ich: Ich glaube, ich verstehe noch nicht ganz.

Schraidle: Zugnomma hab i. Sechs Kilo in drei Wocha. In koi Hos komm i meh nai. Da sen die dran schuld.

Ich: Hm, ich befürchte, dass Sie in diesem Fall nicht Recht bekommen.

Schraidle: Ja, wieso denn net? Des häddet di mir doch sage missa. Bei de Tabletta schdohts doch au druff, wenn's Risiken und Nebenwirkungen gibt. Oder auf de Zigarettaschachtla.

Ich: Aber das ist doch nicht das Gleiche.

Schraidle: I fend scho.

Ich: Und wie sollte, bitte schön, dieser Hinweis aussehen?

Schraidle: Des woiß doch i net. Vielleicht so: »Oll ju kän iht« kann zu einem Ranzen führen.

Ich: Tolle Idee.

Schraidle: Sag i doch. Also, was isch jetzt? Kann i di verklaga?

Ich: Ich bin kein Jurist, aber ich glaube nicht.

Schraidle: Vielleicht wär i so an Präsidentsfall.

Ich: Sie meinen wohl Präzedenzfall. Aber selbst da sehe ich keine Chance.

Schraidle: Aber Sie könntet doch drüber schreiba. Als Warnung fir älle.

Ich: Auf keinen Fall.

Schraidle: Des isch aber schlecht. Ade, i meld mi wieder.

Konkret diskret

Unter allen Neuerungen, die der technische Fortschritt so mit sich gebracht hat, gehört die Digitalkamera sicherlich zu den revolutionärsten. Klein, kompakt, passt in jede Handtasche und lässt sich im Nu hervorzaubern, um den Moment zu bannen. Endlich gehört der Kühlschrank wieder Lebensmitteln und Getränken und kein Fach muss mehr für die Bevorratung an Filmmaterial freigehalten werden. Missratene Fotografien können sofort eliminiert werden und verstopfen nicht unnötig Schubladen und Kartons, weil sie nun mal mitentwickelt wurden und es niemand über das Herz bringt, den auf Zelluloid gebannten Ausschuss zu entsorgen.

Bekäme man nun noch die Verzögerung zwischen gedachter und vollzogener Auslösung bei den kleinen Wundergeräten in den Griff, so dass wirklich der Augenblick abgelichtet wird, der von dem Fotografen festgehalten werden wollte und nicht der, der fünf Sekunden später eintritt, nämlich dann, wenn entweder alle Personen die Augen geschlossen, sich weggedreht oder das Bild bereits verlassen haben, wäre eigentlich alles perfekt.

Es ist die Reproduzierbarkeit von Gegenwart, die den größten Spaß an der digitalen Fotografie ausmacht. Bilder können sofort im Display des Apparates betrachtet werden. Inzwischen ist jedes Kleinkind darin geübt, Störfaktoren im szenischen Aufbau oder gar an den Objekten selbst am heimischen Computer zu retuschieren. Was schief ist, wird gerade gerückt, was nicht schön ist, wird schön gemacht oder fällt der Bearbeitungsschere zum Opfer. Es ist nicht mehr nötig,

Erinnerungen zu speichern, die digitale Fotografie ersetzt die Gedächtnisleistung. Und bestimmt letztendlich auch, was wahr ist an dem, an das man sich nur schwer erinnern kann. Wesentlich unverfälschter ist das Ergebnis, das herauskommt, wird der Chip beim Fotohändler des Vertrauens abgegeben. Nach nur einer halben Stunde sind die Abzüge fertig, so dass auch in ganz eiligen Fällen über die Exponate prompt verfügt werden kann.

Da ich Freunde aus Hamburg, die das Wochenende bei uns verbracht hatten, am Morgen ihrer Abfahrt mit den Fotos ihres Aufenthaltes überraschen wollte, brachte ich meine Speicherkarte in ein Fachgeschäft, erstellte an einem großen Monitor eine Auswahl an Bildern und vertrieb mir die Zeit bis zur Fertigstellung in einem Café. Dort traf ich einen alten Bekannten, wir kamen ins Gespräch und so merkte ich nicht, wie ich mehr Zeit verplemperte, als mir eigentlich zur Verfügung stand. Ich kam also sehr in Eile in dem Fachgeschäft an, nahm meine Abzüge an mich, bezahlte, eilte nach Hause, um die abfahrtbereiten Bekannten zu umarmen und ihnen die Fotos in die Hände zu drücken.

»Mach doch noch ein Bild von uns. Zum Abschied«, riet meine Lebensgefährtin, die in solchen Momenten immer die besten Ideen hat. Ich zückte also meine Digi-Cam und entdeckte den leeren Schlitz, in dem normalerweise die Speicherkarte steckt.

»Mein Chip ist weg«, murmelte ich fassungslos und schlug mir mit der flachen Hand gegen die schweißnasse Stirn. Ich hatte ihn im Fotoladen zurückgelassen. Ich raste zurück in das Geschäft, schilderte meine Situation, drängte auf Eile, erhielt das Kärtchen auch sofort ausgehändigt und hechelte nach Hause. Leider sah ich nur noch das Heck des Pkws unserer Freunde um die Ecke biegen.

Ich hatte die Angelegenheit schon fast vergessen, als mir neulich der Fotoapparat wieder in die Hände fiel. Ich schloss ihn an meinen Computer an und öffnete den Ordner, der die Bezeichnung Fotos trug, um mir die Bilder vom besagten Wochenende anzusehen. Doch statt uns Wanderfreunde am Uracher Wasserfall oder am Blautopf erblickte ich nur Herren und Damen in festlicher Robe, die sich mit Sektgläsern zuprosteten, sich unterhielten oder in die Kamera lächelten. Es schien sich um einen offiziellen Anlass zu handeln, denn bei näherer Betrachtung entdeckte ich den Landrat, der sich mit dem Bürgermeister meiner kleinen Stadt unterhielt, einen Bundestagsabgeordneten inmitten einer Traube von Gemeinderatsmitgliedern und einige prominente Honoratioren, die ich aus der Zeitung kannte. Gelangweilt klickte ich von Bild zu Bild, die Motive unterschieden sich kaum voneinander, bis sich ein sehr überraschender Bruch einstellte, der meine Aufmerksamkeit wieder in den Bann zog. Statt der etwas steifen Gesellschaft erschien ein sehr elastischer, nicht mehr ganz junger und auch eher vollschlanker Frauenkörper, der nur mäßig bedeckt war. Eine Dame posierte in einer sehr exhibitionistischen Weise auf einem Doppelbett und während die Rest-Kleidung mehr enthüllte, als sie verbarg, wahrte sie ihre Identität, indem sie mit einem Arm das Gesicht schützte. Ich blätterte weiter. Das Modell präsentierte sich immer freizügiger, das Gesicht jedoch blieb verborgen.

»Wer ist das?«, fragte meine Herzallerliebste, die sich in heimtückischer Manier an mich herangeschlichen hatte. Blitzschnell schloss ich das Bild per Mausklick.

»Wer?«, fragte ich unverbindlich.

»Na, die Frau da. Die du gerade angesehen hast.«

Sie griff an mir vorbei, betätigte die Entertaste und öffnete dadurch den Ordner mit den Fotografien. Die Dame schien noch weniger bekleidet zu sein als zuvor.

»Das ist ... weiß nicht«, beteuerte ich wahrheitsgemäß.

»Und wie kommt Frau ›Weiß nicht‹ in unseren Fotoapparat?« Der Ton meiner Partnerin ließ mich frösteln.

»Keine Ahnung.« Vielleicht lag es an der Ohnmacht, weil ich mich ertappt fühlte, dass ich nicht selbstsicherer klang. Auf diese Weise verbesserte ich meine Lage jedoch keineswegs.

»Frau ›Weiß nicht‹ und Herr ›Keine Ahnung‹. Ein tolles Gespann. Darf ich wenigstens erfahren, warum diese, diese ... Wuchtbrumme so wenig anhat? Ist sie das ›Model des Monats‹ im Magazin für Nilpferdzüchter?«

In jedem anderen Fall hätte ich über diesen Vergleich gelacht, doch inzwischen hörte sich meine wesentlich bessere Hälfte so an, als wolle sie den Bodensee in eine Schlittschuhbahn verwandeln. Ich zog es vor zu schweigen.

»Und wieso verbirgt sie ihr Gesicht? Ist das noch hässlicher als der Rest?« Sie öffnete ein Bild nach dem anderen, um ihrer These auf die Spur zu kommen. Doch die Abgebildete verstand es geschickt, ihr Antlitz zu verbergen. Mit vor Wut geblähten Nüstern starrte mich meine Herzallerliebste an.

»Du sagst mir jetzt sofort, wer das ist?«

Ich weiß nicht, warum mein Herz in diesem Moment schneller schlug als sonst, war ich mir doch keiner Schuld bewusst, aber das war offensichtlich gut so. Denn so wurde ein Organ von mir mit Blut versorgt, das offensichtlich eine kleine Pause eingelegt hatte: mein Gehirn. Plötzlich erkannte ich des Rätsels Lösung, die so klar und deutlich vor mir lag, als hätte jemand ein Fernrohr darauf gerichtet.

»Das ist nicht meine Speicherkarte«, antwortete ich. »Sie wurde im Fotoladen vertauscht.« Ich hörte mich nicht sehr überzeugend an.

»Das ist ja wohl die mieseste Ausrede, die ich jemals gehört habe«, erwiderte meine Gefährtin in guten und manchmal auch in schlechten Tagen und ließ mich mit der unbekannten Dame allein.

Auch der Fotohändler wollte mir keinen Glauben schenken, als ich ihn auf sein Versehen hinwies.

»Wenn mir des Kärtle verdauscht häddet, no wär Ihrs ja no da«, lautete sein nicht ganz logischer Rückschluss.

»Vielleicht haben Sie dem Besitzer dieser Karte meine mitgegeben«, gab ich zu bedenken. »Sie sehen sich doch zum Verwechseln ähnlich.«

Er legte die Stirn in Grübelfalten, strich sich mit Daumen und Zeigefinger über das Kinn, so als bürste er einen imaginären Bart. Er nahm den Speicherchip in die Hand, ging zu dem Monitor, an dem ich einige Tage zuvor meine Auswahl der Bilder getroffen hatte, und sagte: »Na gugga mr mol, ob mr was sehat.«

Bevor ich einen Warnlaut von mir geben konnte, hatte er die Speicherkarte schon in dem Leseschlitz versenkt. Die Bilder des offiziellen Empfangs erschienen und lautstark wurden die erkannten Gesichter von dem Fotohändler kommentiert.

»Ja, der Herr Bürgermeischder und der Herr Landrat in fröhlicher Sektlaune. Normalerweis trauet die sich koin Meder ibern Weg, aber wenn's was omasoschd gibt, no sen se sich einig.«

Peinlich berührt sah ich mich um. Zum Glück war der Laden nicht sehr gut besucht, aber die fünf Einkäufer, die vor den Regalen standen, um die Ware zu betrachten, schienen durch die lautstarke Moderation des Inhabers zumindest amüsiert. Seine Frau erschien aus einem Nebenraum, mit hochrotem Kopf und wütendem Blick, baute sich neben ihm auf und fauchte: »Sag amol, geht des au a bissle leiser?«

Es ging nicht. Ohne auf ihre Intervention einzugehen, polterte er weiter.

»Jo, da guck na. Der Herr Bauunternehmer Habersack schleimt sich bei seim Dezernenta ei. Was hot'n der do en der Hand? Isch des a Kuvertle? Womeglich mit a bissle Geld dren? Des isch ja mol interessant.«

Seine Frau gab ihm einen Knuff, was ihn jedoch nicht von seinem Tun abbrachte.

»Ond die jonge Goiß, die um dr Leiter von der Schbarkass romscharwänzelt, isch die Tochter vom alda Wagner, der des Blumagschäft da vorne hot. Da isch wohl än Kredit fällig?«

»Sei doch still jetzt«, mahnte die Gattin, der die Situation mehr als unangenehm war. Für mich begann der Vortrag nun erst spannend zu werden, denn offensichtlich wusste der Geschäftsmann sehr gut über die politischen, wirtschaftlichen und gesellschaftlichen Verhältnisse in der Stadt Bescheid. Einen Hinweis auf den Besitzer der Karte erhielten wir jedoch nicht. Auch nicht, als die Bilder erschienen, die sicherlich einen intimeren Rahmen verdient gehabt hätten, als in einem

Fotogeschäft vorgeführt zu werden. Der Halbnackten angesichtig, atmete das Ehepaar Fotohändler geräuschvoll ein. Die Dame des Hauses hielt sich eine Hand vor den Mund und starrte mit großen Augen auf die Person, die sich da auf dem Bildschirm rekelte. Ihrem Ehemann gelang es eher, die Fassung zu gewinnen.

»Haidenai. Wer isch jetzt aber au des?« Schweigend klickte er noch ein paar Aufnahmen an.

»Hm, also i woiß net so recht. Des kennt d' Frau vom ... aua.« Mit schmerzverzerrtem Gesicht hielt er sich die Seite, da ihm seine Frau einen klassischen Ellenbogencheck verpasst hatte.

»Wir ken-nen die-se Da-me nicht«, sagte sie langsam, als spreche sie eine Beschwörungsformel, und machte Anstalten, den Chip aus dem Lesegerät zu entfernen. Er schubste sie unsanft zur Seite.

»Des woisch doch du net, ob i di kenn«, erwiderte er unwirsch. »Aus der Sauna oder so«, schob er in meine Richtung nach. »Könnt doch sei, oder?«

Es brauchte nur noch zwei weitere Motive, dann huschte ihm der erleichterte Ausdruck des Erkennens über das Gesicht.

»Jetzt han es!«, rief er freudig erregt. »Des isch die Frau vom ...« Weiter kam er nicht, weil ihm seine Gattin eine Hand auf den Mund presste und mit der anderen die Speicherkarte aus dem Schlitz zog.

»Kann i di mol kurz sprecha?«, herrschte sie ihren Mann an und bugsierte ihn ins Nebenzimmer. Die Geräusche, die von nebenan herüberdrangen, waren denen in einer Schlangengrube nicht unähnlich, zu verstehen war jedoch kein Wort.

Nach etwa drei Minuten kam der Ladenbesitzer zurück. Sein zuvor forsches Auftreten war einer gewissen Steifheit gewichen, er bemühte sich konzentriert um Haltung.

»Tja, wenn Ihna des Kärdle net ghert, wie Sie saget, dann kenna mir im Moment nix anders doe als warte. Wenn sich dr richtige Besitzer bei ons meldet, rufa mir Sie an.« Mit diesen Worten ließ er mich stehen und wandte sich an ein junges Paar, um ihm seine Hilfe anzubieten.

Fünf Tage später erhielt ich den Anruf. Mein Speicherchip sei abgegeben worden, teilte mir der Inhaber des Fotoladens mit und entschuldigte sich ausschweifend für die Verwechslung. Für die entstandenen Unannehmlichkeiten bot er mir einen Gutschein über 10 Euro an. Ich versuchte ihn zu einem anderen Handel zu überreden. Gegen die Bekanntgabe des Namens des wahren Besitzers wollte ich auf sein Angebot der Wiedergutmachung verzichten.

»Nein, das kann ich Ihna net sage. Diskretion wird in unserem Haus groß geschrieben und isch in diesem Fall mehr als angebracht. Moint mei Frau«, sagte er mit fester Stimme, fügte jedoch mit verschwörerischem Flüsterton hinzu: »Wenn des rauskommt, dass ausgerechnet die Frau vom Möbel Lämmle so a schäbige Bettwäsch drhoim hot, no isch die doch blamiert bis auf die Knocha.«

Schraidle ermittelt: **Ein Hauch von Skandal**

	(Das Telefon klingelt.)
Ich:	Ja?
Schraidle:	I ben's. I hätt do mol a Frog.
Ich:	Geht es wieder um eine Ihrer E-Mails?
Schraidle:	Noi, diesmol isch's ebbes Ernschds.
Ich:	Da bin ich aber gespannt.
Schraidle:	*(flüstert fast)* Kennat Sie mir sage, was in am Schwinger-Club abgoht?
Ich:	In einem Swinger-Club? Na ja, nicht aus eigener Erfahrung. Da treffen sich Paare, aber auch einzelne Personen, um ... äh tja ... um Spaß zu haben. Wenn Sie verstehen, was ich meine.
Schraidle:	Aha. Und die Paare? Missat di verheiratet sei?
Ich:	Ich glaube nicht.
Schraidle:	Aha. Und no ganget di in den Schwinger-Club nei, essat a bissle was ond drenkat ebbes? Sen luschdig?
Ich:	Also, so genau weiß ich das auch nicht. Aber das könnte schon sein.
Schraidle:	Ond danzet mitnander?
Ich:	Das vielleicht auch.
Schraidle:	Vielleicht au ganz eng?
Ich:	Womöglich.
Schraidle:	Vielleicht au a bissle meh?
Ich:	In einem Swinger-Club gibt es mit Sicherheit »a bissle meh«.

Schraidle:	Ond wenn jetzt oiner vom Minischderium mit seiner Segredärin da drin gsea wird, isch des net so guat, oder?
Ich:	Okay, raus mit der Sprache. Was soll diese Fragerei?
Schraidle:	Des wär doch an Skandal. Do miaßt mr doch die Öffentlichkeit driber informiera.
Ich:	Sie haben gewonnen. Was wissen Sie?
Schraidle:	Ha, jetzt wacht er uff, der Herr Schurnalischd. Wenn's um Sauereia goht, do isch'r dabei. Des han i mir dengt. *(In verschwörerischem Tonfall)* Also, passed Se uff. Neilich han i den Herrn Staatssegredär mit seiner Segredärin aus em Schwinger-Club abgholt.
Ich:	Das ist ja interessant.
Schraidle:	's wird no besser. I han nämlich ghert, wie sie zu ihm gsagt hot: Unter Ihne macht's Schaffa richdig Spaß. Dabei hot se so komisch glacht. Ond er hod gsagt: Des sod mr viel öfter mache. Des isch gut firs Betriebsklima.
Ich:	Nicht schlecht, Herr Specht. Ja und wo war das?
Schraidle:	Ha draußa em Induschdriegebiet.
Ich:	Wie? In unserem Industriegebiet gibt es einen Swinger-Club?
Schraidle:	Ha ja, den gibt's doch scho lang. Do han i scho dr halbe Gemeinderat nogfahre.
Ich:	Das denken Sie sich doch jetzt aus!
Schraidle:	Ha noi. Do bei dem Audohaus, kurz bevor die Brick iber dr Näggr goht. Mit derra breida Glasfront.

Ich:	Ein Swinger-Club mit einer Glasfront? Das wird ja immer schöner.
Schraidle:	Ha ja, ond en Biergarde hen di au.
Ich:	Moment mal. Glasfront, Biergarten, Industriegebiet. Könnte es sein, dass Sie das Heinrichs meinen?
Schraidle:	Ja, genau. So hoißt's. Kennat Sie des au?
Ich:	Mann, Schraidle. Das ist doch kein Swinger-Club.
Schraidle:	Aber des schdoht doch an dr Tür. Let's Schwing, stoht do.
Ich:	Swing ist eine Musikrichtung. Eine Form von Jazz. Und das Heinrichs ist ein Lokal. Da geht man hin, um zu essen, um zu trinken und um Musik zu hören.
Schraidle:	Danza kammer da au.
Ich:	Von mir aus.
Schraidle:	I hab ja gar nix anders behauptet. Sie hen jo mit denne Schweinereia angfanga.
Ich:	Ach. Lassen Sie mich doch in Ruhe.
Schraidle:	Ond was isch mit dem Skandal?
Ich:	Dass ich Sie kennen gelernt habe. Das ist ein Skandal.
Schraidle:	Also, schreibat mir wieder nix.
Ich:	Nein!
Schraidle:	No probier i's halt bei der Konkurrenz. I meld mi, wenn i wieder was woiß. Ade.

Von wegen »Mal sehen«

Gibt es ein universelles Abo für Plätze mit eingeschränkter Sicht? Natürlich! Ich habe eines. Ob im Theater, bei Konzerten, im Kino, bei Demonstrationen, bei Unfällen auf der Autobahn – immer sitzt oder steht jemand vor mir, der mindestens anderthalb Köpfe größer und zweieinhalb Schultern breiter ist als ich und zu allem Überfluss auch noch einen Zylinder trägt. Selbst meine taktischen Versuche, mich so hinter die vor mir Sitzenden zu platzieren, dass es mir möglich ist, zwischen ihren Körpern hindurchzusehen, zeigen keine Wirkung. Als gelte es eine Menschenkette gegen mich und meine Neugier zu bilden, bleiben die Sitzreihen blickdicht gestaffelt.

Eigentlich hege ich schon lange keinen Anspruch mehr darauf, einer Darbietung, welcher Art auch immer, mehr als nur akustisch beizuwohnen. Ich bin inzwischen so geübt, dass es mir selbst bei pantomimischen Aufführungen gelingt, aus dem Quietschen der Schuhsohlen und den Reaktionen des Publikums, Rückschlüsse auf die Handlung zu ziehen. Aber selbst Vergnügungen dieser Art sind mir seit einiger Zeit nicht mehr vergönnt. Weil sich in letzter Minute Menschen in meine Nähe setzen und durch ihre Anwesenheit, durch ein Utensil oder durch eine Besonderheit im Körperbau meine Aufmerksamkeit in ihre Gewalt bringen und erst gegen Ende der Veranstaltung wieder freigeben.

An diesem Abend ist es ein Herr, der seinem Haarkranz ein dünnes Schwänzchen abgewonnen und mit einer roten Schleife verziert hat. Kaum habe ich ihn entdeckt, ist es vorbei mit meiner Konzentration und die Geräusche, die ein Cellist seinem Instrument entlockt – es könnten gestrandete Wale oder Elche in der Brunft sein –, werden zum Beiwerk. Sofort verabreden sich alle meine Sinne zum Plausch über das rote Band. Wie, frage ich mich, würde es sich auswirken, wenn ich an diesem Schleifchen zöge? Würden die unter Spannung gehaltenen Haare nach vorn schnellen und ihrem Besitzer die Ohren zudecken? Er würde es mir womöglich danken, denn der Musikant ist mittlerweile bei Ozeanriese-läuft-auf-Eisberg angelangt. Noch während ich überlege, ob mein Vordermann die Schleife selbst angebracht hat oder gar Opfer seiner Kinder während des Mittagsschlafs geworden ist, fällt mein Blick auf seinen Nebenmann. Nein, in Wirklichkeit verschlingt mich die Öffnung der Kapuze seines Pullovers. Ein vortreffliches Versteck für das modische Accessoire seines Nachbarn, wie ich finde. Oder für andere Gegenstände, die entbehrlich sind. Ich durchsuche meine Jackentasche, in der ich eine entwertete Fahrkarte und ein Bonbon finde, seines Einwickelpapiers sowie seiner ursprünglichen Konsistenz entledigt. Ich schenke es dem Kapuzenmann, der mich jedoch keines Blickes würdigt, geschweige denn sich bedankt. Er starrt nach vorn, als sei nichts geschehen. Dort muss der Cellist seinen Bogen gegen eine Handsäge eingetauscht haben. Angesichts der roten Schleife meines Vordermannes beneide ich ihn ein wenig darum: Vielleicht sollte ich doch die Anschaffung eines Mehrzweckmessers in Erwägung ziehen. Dann gehörten Momente wie diese, in denen ich zur absoluten Untätigkeit verdammt bin, der Vergangenheit an. Ich durchsuche meine Taschen erneut, dieses Mal nach einem scharfen Gegenstand, denke auch kurz daran, mein Weinglas zu zerstören, um die Scherben als Werkzeug zu gebrauchen, verwerfe den Gedanken wieder und weil ich gerade so am Werfen bin, entsorge ich die Serviette, die nach dem letzten Dönerimbiss den Weg in meine Jacke gefunden hat. Dies bleibt von meinem Vordermann nicht unbemerkt. Er greift nach hinten, bekommt den fettdurchtränkten Zelluloseklumpen zu fassen und sieht sich erbost um. Ich setze die Unschuldsmiene auf, bin damit von den neben mir Sitzenden nicht mehr zu unterscheiden. Dennoch bleibt sein Blick an mir haften.

»Was soll'n der Scheiß?«, faucht er mich an und hält mir die Serviette unter die Nase. Ich zucke die Schultern und noch bevor er mich weiter zur Rechenschaft ziehen kann, wird er von seinem Vordermann mit einem jähen »Pschdd!« unterbrochen.

Er schleudert die Papierkugel auf mich, ich weiche geschickt aus, höre aus den hinteren Reihen Empörungsrufe, gebe mich gekonnt unbeteiligt und konzentriere mich wieder auf die Töne, die von der Bühne herüberschallen. Genau genommen ist es nur ein Ton: langgezogen, wehklagend, durchdringend. Er bohrt sich in meine Eingeweide, macht sich dort breit, bildet Klangwände, von denen er wie ein ungeliebtes Echo zurückgeschleudert wird. Das ist nur möglich, weil ich noch nicht zu Abend gegessen habe, denke ich und bereue, das Bonbon so unbedacht in die Kapuze meines Vordermannes geworfen zu haben. Hineinzugreifen käme einer Kamikaze-Aktion gleich und so beschließe ich auszuharren, während der Cellist meine Magensäfte lockt wie einst der Rattenfänger von Hameln die jugendliche Bevölkerung. In anderen Menschen scheinen andere Säfte angeregt zu werden. Die Dame links neben dem Schleifchenmann lässt eine Hand auf Wanderschaft gehen, streicht ihm über den Haarkranz, spielt mit dem Zeigefinger an seinem Zöpfchen. Keiner der beiden lässt den Musikanten auch nur eine Minute aus den Augen. Es ist meine Chance, meine einzige. Ich weiß es und ich nutze sie. Ich ziehe an dem Band, es löst sich und fällt zu Boden. Die Strähnchen trudeln kraftlos auseinander und stehen ungeordnet vom Hinterkopf ab. Entrüstet sieht der Ex-Schleifchenträger seine Nachbarin an.

»Samole, hosch du se no alle?«, sagt er vorwurfsvoll und sie blickt ihn verwundert an.

»Was isch denn?«, fragt sie, während er an den Haaren herumnestelt, um sie wieder zu einem Schwänzchen zusammenzuführen.

»Findesch du wohl witzig?«, herrscht er sie an und während ich zustimmend nicke, versteht sie die Welt nicht mehr.

»Wenn es Sie so wenig interessiert, dann bleiben Sie doch zuhause«, meldet sich wieder der Mahner aus der vorderen Reihe. Doch der Ex-und-Zopf ist nicht mehr zu bremsen.

»Kümmret Sie sich um Ihr'n eigena Dreck!«, giftet er seinen Vordermann an und sieht sich suchend um. Das Schleifchen liegt vor meinen Füßen. Um Solidarität zu beweisen, hebe ich es auf und gebe es ihm. Ungeschickt schlingt er das Band um die Haarsäule und macht einen Knoten.

»Blede Kuah«, raunt er seiner Nachbarin zu. Sie läuft dunkelrot an, zischt einen Fluch, steht auf und geht. Dadurch wird mir die Sicht auf die Bühne eröffnet. Der Cellist ist gar kein Cellist, sondern ein Mensch, der ein Didgeridoo traktiert. Im Moment schwenkt er es herum wie einen Rüssel und gebärdet sich wie ein Elefant. Ein leichtes Unwohlsein befällt mich, ich tippe dem Schleifchenmann auf die Schulter.

»Entschuldigung. Ist das hier nicht ›Gefangener der Sieben Meere – Variationen für Cello?‹«, frage ich ihn.

»Noi, isch es net. Des isch die Ditscheridu-Fassung von ›Serengeti darf nicht sterben‹.« Er wendet sich ab, zupft noch einmal an seinem Band und sieht wieder nach vorn.

»Oh«, sage ich, verlasse den Saal und hoffe, dass im Raum nebenan noch ein Platz hinter einer Säule frei ist.

Fünf vor zwölf in Sierra Medica

Diese Kopfschmerzen. Seit Tagen quälten sie mich, lähmten mir abwechselnd die linke und die rechte Gesichtshälfte. Am Hals ertastete ich eine Stelle, die auf Tischtennisball-Größe angeschwollen war. Mein Zahnfleisch stand in Flammen, sah aus wie eine geschälte Tomate und drohte damit, jeden Moment die darin steckenden Mozzarella-Blöcke, die mir einst kraftvolle Bisserlebnisse verschafften, freizulassen. Die unzähligen Aspirin-Tabletten hatten meine Magenschleimhäute zu Stacheldrahtketten gedreht, die hin- und herschubberten, und wenn jemand in diesen Tagen ob der Gesichtsfarbe die Bezeichnung Schneekoppe verdient hatte, dann war ich das. Ich hielt es nicht mehr aus, nur ein Arztbesuch konnte mich retten.

Leider rief ich den Medizinmann meines Vertrauens zu einer Zeit an, die er offenbar für die Lustbarkeiten seines Neureichen-Lebens reserviert hatte. Aus seiner Sicht, das hatte er mir bereits mehrmals deutlich gemacht, verständlich: Er hatte schließlich nicht zehn Jahre studiert, um an einem Freitagnachmittag arbeiten zu müssen. Nein, an einem

Freitagnachmittag galten die gleichen Gesetze wie an einem Montagmorgen und einem Mittwoch ganztägig. Sie waren unbedingt frei zu halten.

Immerhin hatte er auf seinem Anrufbeantworter eine Ansage laufen, die mir die Nummer seiner Vertretung nannte, und da ich ihm in allen Belangen vertraute, nahm ich auch diese Empfehlung an.

»Was gibt's?«, grunzte eine Männerstimme am anderen Ende der Leitung.

Ich schilderte kurz die Situation. Ich sei ein Patient von Dr. Lindner und er sei ja nicht da und Dr. Neugereut sei doch seine Vertretung, und ich hätte Schmerzen und müsse dringend behandelt werden, weil ich sonst Gefahr liefe, am Wochenende zu verenden.

»Was hen Se denn?«, fragte die Männerstimme.

Ich beharrte darauf, dies dem Doktor persönlich erzählen zu dürfen, da mich bereits Halsschmerzen quälten und eine weitere Strapazierung meiner Stimmbänder nicht erforderlich sei.

»Wenn Se Halsweh hen, no gurglat Se mit Salzwasser und legat sich mit em Katzefell ens Bett.«

Ich bedankte mich unwirsch, wollte mich aber so nicht abspeisen lassen. Ob ich denn nicht vorbeikommen könne, fragte ich ihn.

»Wenn's obedengt sei muaß«, lautete seine lakonische Antwort.

Seine Praxis lag in einem abgelegenen Winkel meiner kleinen Stadt. Ausgeblichene Graffiti auf den grauen Häuserfassaden zeugten davon, dass es selbst die Sprayer längst aufgegeben hatten, diesen Straßenzügen Farbe zu geben. Der Wind trieb einen vertrockneten Dornbusch vor sich her, bis er an einem abgestellten Autowrack hängen blieb.

Abgemagerte Katzen schlichen um Mülltonnen herum, sahen mich angriffslustig an und hätten mich sicherlich auch angefallen, wenn sie nicht von unheimlichen Geräuschen verscheucht worden wären, die aus den Hinterhöfen drangen. Ich beschleunigte meinen Schritt.

An der Außenwand einer heruntergekommenen Villa entdeckte ich die Tafel des Arztes, die, von einer letzten Schraube gehalten, hin- und herschaukelte. Ich drückte das schmiedeeiserne Tor auf, das einen klagenden Laut von sich gab, und schloss es ebenso sorgfältig hinter mir. Als ich den Weg zur Haustüre entlangschritt, bewegte sich eine Gardine an einem Fenster im Erdgeschoss und einen Moment erblickte ich auch den Schatten einer Gestalt, die sich jedoch sofort zurückzog. Ich ließ mich nicht beirren, enterte das Gebäude, fand die Tür zur Praxis unverschlossen vor und trat ein. Die Anmeldung war verlassen, der dicken Staubschicht auf den Regalen zufolge, schon seit längerer Zeit. Das Wartezimmer bot ein ähnliches Bild. Angegilbte Zeitschriften lagen auf dem Tisch, bei vielen fehlte schon der Schutzumschlag. Es roch muffig, so als sei wochenlang nicht gelüftet worden.

»Hallo? Ist da jemand?«, rief ich, bekam jedoch keine Antwort. Aus einem Nebenraum drangen Geräusche: Ein Gegenstand fiel polternd zu Boden, eine Männerstimme fluchte. Langsam schlich ich in Richtung Tür, öffnete sie und streckte den Kopf hinein. Es schien das Behandlungszimmer zu sein. An der Wand stand ein Regal mit Dutzenden von Büchern, die vom optischen Eindruck auch gut in ein Antiquariat gepasst hätten. Ein Poster an der Wand zeigte den Querschnitt durch den Körper eines Menschen. Ein Witzbold hatte das Gesicht der Bundesgesundheitsministerin oberhalb des Halses angebracht und nutzte das Konterfei als Zielscheibe. Zwei Dartpfeile durchbohrten ihre Stirn, ein dritter steckte in ihrer Wange. Den Arzt konnte ich nicht entdecken. Ich wollte eben schon die Tür schließen, um die Suche in einem anderen Raum fortzusetzen, da tauchte hinter dem Schreibtisch der kahle Schädel eines Mannes auf. Ächzend richtete er sich auf, ließ sich auf seinen Stuhl plumpsen, knallte ein dickes, grünes Buch vor sich auf die Platte und begann darin zu blättern.

»Dr. Neugereut?«, fragte ich vorsichtig. Er blickte nicht auf. Konzentriert starrte er eine Seite an, kicherte, nahm einen Stift und kritzelte etwas auf ein Stück Papier.

»Ich hatte angerufen. Dr. Lindner schickt mich«, versuchte ich, die Aufmerksamkeit auf mich zu lenken, wenn auch nicht ganz wahrheitsgemäß. Er sah mich an wie ein aus der Hypnose Erwachter, schlug das Buch zu und bot mir mit einer stummen Geste einen Platz an. Ich setzte mich, während er mich eingehend musterte und dabei mit seinem Stift einen nervösen Takt auf den Tisch klopfte.

»Ihre zehn Euro hen Se bestimmt scho beim Lindner zahlt«, sagte er und ich nickte. Er schlug mit der flachen Hand auf den Tisch.

»Des isch emmer ’s Gleiche. Der kassiert ond i han ’s Gschäft.«

Er stand auf und kam mit einem Spatel in der Hand auf mich zu.

»Zong raus!« Ich tat wie mir befohlen, er linste kurz in meinen Rachen hinein, bohrte mir den Finger gegen die Stirn, dann in die Wange und schließlich in den Hals, ging wieder zu seinem Stuhl, setzte sich und trug etwas in eine Karte ein.

Während er schrieb, murmelte er Unverständliches. Lediglich die Bröckchen »Gruschd« ond »Hennefürz« konnte ich erlauschen, den Rest reimte ich mir zusammen. Wie denn sein Befund laute, fragte ich ihn, doch er schien mich nicht zu hören. Er schrieb und murmelte, dieses Mal konnte ich die Begriffe »Schofseggel« und »Schlawiner« aufschnappen, und schien vergessen zu haben, dass ich ihm gegenübersaß. Plötzlich stoppte der Stift auf dem Papier.

»Maximal drei Wocha«, blaffte er mich an. Ich erschrak. So schlimm stand es um mich? Ich fühlte, wie eine panische Schwere in mir aufstieg, die mir den Hals zuschnüren wollte.

»Ich habe nur noch drei Wochen zu leben?«, krächzte ich.

»Ach, Sie doch net. Sie sen doch kerngsond. A kloine Seidastrang-Angina hen Se. Sonsch gar nix. Machet Se en warma Halswickel ond trenkat Se en Kamillatee, no isch des in oiner Woch weg.«

Dem frühen Ableben entronnen, atmete ich tief durch. Ich war erleichtert, dennoch war ich mit seiner Therapie nicht zufrieden. Bevor ich ihm erläutern konnte, dass mir aus beruflichen Gründen an einer schnelleren Heilung gelegen sei, wetterte er wieder los: »Drei Wocha, koi Minud länger.«

Ich sah ihn fragend an.

»Länger schaff i net. Weil sich's nemme lohnt. Do kennad Se sich bei dera do bedanka.« Er wies mit dem Zeigefinger auf das Poster der Gesundheitsministerin.

»Die ond ihre Bagasch machet älles he mit dera Gsondheitsreform.«

Er stand auf, ging zum Fenster, zog die Gardine zur Seite und blickte gedankenverloren hinaus.

»Vierzigdausend Ärzte herat dies Johr auf. Do kennat ihr gucka, wo ihr bleibat. In Rumänien kennat ihr euch an Hausarzt sucha. Den kennat'r euch vielleicht leischta.«

Er ging zum Waschbecken, drehte den Wasserhahn auf und wusch sich die Hände.

»Für die paar Euro, die i von dr Krankakass krieg, kann i normalerweis net amol a Pfläschderle aufkleba, wenn sich oiner gschnitta hot.«

Er drehte das Wasser ab und trocknete sich die Hände an seinem weißen Kittel ab.

»Wenn jemand richdig krank isch, dann zahl i drauf. Ja, halded die ons fir bled?« Bei den letzten Worten überschlug sich seine Stimme.

Er ging um den Schreibtisch herum, zog eine Schublade auf. Schon keimte in mir die Hoffnung, dass er den Rezeptblock zückte, damit ich mir vielleicht doch noch ein Medikament holen konnte. Doch er beförderte lediglich einen Blechkasten ans Tageslicht.

»Vielleicht stimmt des au. Vielleicht sem mir die Blede. Weil mir in Deutschland bleibat. Die Gscheide hauet nämlich alle ab.«

Er öffnete langsam die Blechkiste und blickte hinein.

»Des han i im Fernsäh gseah. Nach Norwega, Kanada und Indien gangat die älle. Dort werdat Ärzte mit Kusshand gnomma.«

In der Kiste lag ein klobiger Gegenstand, der mit einem schwarzen Tuch abgedeckt war. Beim Anblick des Dings gefror die Mimik Dr. Neugereuts. Sanft streichelte er mit den Fingerspitzen über das Tuch.

»Ens Ausland gang i net. Dofir bin i zu alt.«

Seine Augen wurden glasig. Er sank in seinem Stuhl zusammen. Er tat mir leid und ich wollte schon zu ihm gehen und ihm tröstend über den Kopf streicheln.

»Kann ich Ihnen was aus der Apotheke mitbringen? Ich meine, wenn ich sowieso hingehe ...«, erkundigte ich mich und gab ihm damit einen dezenten Hinweis, dass ich immer noch auf ein Rezept wartete.

Er nahm den Gegenstand aus der Kiste, enthüllte ihn und hielt etwas in der Hand, das einer Pistole zum Verwechseln ähnlich sah.

»Noi, i han älles, was i brauch«, murmelte er und begann irr zu kichern.

»Es sen ja bloß no drei Wocha: Aber di werdat no lang an mi denka.«

In Anbetracht des verwirrten Zustands des Mediziners und der Tatsache, dass er bewaffnet war, beschloss ich zu gehen. Schnell und ohne Abschiedsgruß.

Tagelang rang ich mit meinem Gewissen und überflog mit zitternden Händen die Schlagzeilen in der Tageszeitung. Dr. Neugereut hatte irgendetwas vor, fügte entweder sich oder anderen Leid zu. Ich musste mit jemandem reden, der ihn von seinem Plan abbringen konnte. Ich beschloss, meinen Hausarzt Dr. Lindner über das Verhalten seines Kollegen in Kenntnis zu setzen. Als ich ihn nach drei Tagen erreichte, war es um Dr. Neugereut schon geschehen.

Er habe sich, schilderte mir Dr. Lindner, nackt, unter Zuhilfenahme einer Klebepistole an die Eingangs-Glasfront der Allgemeinen Ortskrankenkasse geleimt. Dabei habe er ein Schild in die Höhe gehalten, auf dem »So schnell werdet ihr mich nicht los« geschrieben stand. »Wahrscheinlich die Hormone«, lautete die Diagnose seines Kollegen.

Was aus dem bedauernswerten Mediziner geworden ist, weiß ich nicht. Aber mir geht es seit diesem Zwischenfall richtig gut. Denn seitdem ernähre ich mich gesund und treibe viel Sport. Und vor allem: Ich vermeide Arztbesuche.

Schraidle ermittelt: **Sind Debrecziner ansteckend?**

	(Das Telefon klingelt.)
Ich:	Hier bin ich, wer ist dort?
Schraidle:	Was isch denn jetzt los? Kennat Sie sich net gscheid melda?
Ich:	Ein kleiner Scherz. Irgendwie habe ich es gewusst, dass Sie es sind.
Schraidle:	Lasset Se mi bloß in Ruah mit Ihre Witzla. Es geht um Leba und Tod.
Ich:	Oh je, was ist denn passiert?
Schraidle:	I ben mir net sicher. Wissat Sie, ob Debretschiner ansteckend sen?
Ich:	Ich hätte es wissen müssen, dass Sie wieder mit so einem Unfug daherkommen.
Schraidle:	Ja oder noi?
Ich:	Debrecziner sind geräucherte Würstchen aus Rind- und Schweinefleisch. Was soll an denen denn ansteckend sein?

Schraidle:	Sen Se do sicher? 's isch nämlich so. Neilich hab i dr Direktor von dr Schbarkass ond sei Frau ins Krankenhaus gfahre. In d' Pschiatrie. Weil sie Debretschiner hot, hot's ghoißa. Aber wenn des Wirschdle sen, no könnt's ja sei, dass di verrickt gworda isch.
Ich:	Menschenskind, Schraidle. Die arme Frau hat keine Debrecziner, sondern Depressionen. Und ich bekomme auch bald welche, wenn Sie nicht mit Ihren unsinnigen Anrufen aufhören.
Schraidle:	Des isch doch wurschd, wie des hoißt. Isch des jetzt ansteckend oder net?
Ich:	*(beiße in die Tischplatte und haue mir den Hörer auf den Hinterkopf)* Arrrggghhhh.
Schraidle:	Hallo, hallo? Om Hemmels willa, jetzt schbennt der au. I han doch glei gwisst, dass die Depressioner ansteckend sen. No fahr i glei zom Arzt ond lass mr was verschreiba. I meld mi wieder. Ade.

Da Capo mit Capodaster

Wenn ich mir das künstlerische Schaffen meines kleinen Freundes Jan ansehe, funkeln rote Eifersuchtssternchen vor meinen Augen und gelbe Neidpusteln übersäen meine Haut. Mit seinen fünf Jahren ist er schon fester Bestandteil des kulturellen Lebens meiner kleinen Stadt, fast möchte ich behaupten, er ist nicht mehr daraus wegzudenken. In der Ballett-Aufführung von Tschaikowskys Nussknacker-Suite seines Kinderhorts glänzte er zum Beispiel in der Rolle einer Schneeflocke. Sein Auftritt war schon deshalb außergewöhnlich, weil er als einziger blaue Strumpfhosen und ein mauvefarbenes Sackgewand trug, während die anderen Flöckchen traditionell in Weiß über die Bühne wirbelten. Seine Mutter, für das eigenwillige Outfit ihres Sprösslings verantwortlich, erklärte dies mit dem Hinweis, dass sie in Jans Größe kein Kostüm gefunden habe und dadurch zur Improvisation gezwungen war. In ihrer Not nahm sie das, was verfügbar war, und sandte damit einen Appell an das Abstraktionsvermögen der Zuschauer. Außerdem schimmern Schneeflocken durchaus bläulich, wenn das Licht entsprechend ist, lautete ihr kläglicher Versuch, eine Rechtfertigung zu finden. Die Aufführung war natürlich ein voller Erfolg und der Tausendsassa konnte sich vor Angeboten kaum retten. Als nächstes übernahm er eine Sprechrolle in »Schneewittchen«. Als einer der sieben Zwerge durfte er die Frage »Wer hat von meinem Tellerchen gegessen?« formulieren. Er legte all seine Energie in diesen Satz und überzeugte die Zuschauer, indem er einen Wutanfall vortäuschte und am Tischtuch riss. Becher, Teller, Schüsseln und Besteck polterten auf den Boden. Jan blieb ganz in seiner Interpretation des Stücks und trat nach den Gegenständen. Nur die böse Stiefmutter, dargestellt von einer Erzieherin, konnte ihn zur Räson bringen. Sie umklammerte den wild gewordenen Zwerg und bugsierte ihn hinter die Kulissen.

Der nächste Meilenstein seiner Karriere ist schon in Sicht. Seine Eltern haben ihm eine Oboe gekauft. Man könne nicht früh genug mit musikalischer Früherziehung beginnen, lautete die offizielle Begründung. Das mag aus pädagogischer Sicht durchaus richtig sein, doch es hätte auch einiger erklärenden Worte in Richtung des Musikanten bedurft. Jans Annäherung an das Instrument bestand bisher darin, es wie ein Schwert durch die Luft sausen zu lassen. Wie sich diese Entwicklung fortsetzen wird, bleibt abzuwarten. Doch eines dürfte unbestritten sein: Die Zukunft dieses kleinen Kerls ist vorprogrammiert. Er darf sein gesamtes Repertoire an vorhandenem oder auch nicht vorhandenem Talent ausleben. Er wird entweder Oboe blasender Ausdruckstänzer oder eigenwillig gewandeter Charakterdarsteller, muss wahrscheinlich nie ein Büro von innen sehen und lernt Schreibtische nur als Bestandteile von Kunstaktionen kennen, für die er auf der Documenta in Kassel ausgezeichnet wird. Und genau das ist es, was mich so frustriert.

Hätten meine Eltern bei ihrer Art der Kunsterziehung mehr Beharrlichkeit an den Tag gelegt, hätte auch aus mir etwas werden können. Womöglich hätte ich die Kulturwelt aus den Angeln gehoben, hätte Epochen hinzugefügt. Stattdessen ließen sie mich gewähren, leisteten keinerlei Widerstand, als ich einen Büchereiausweis einforderte und mich fortan lesend in meinem Zimmer eingrub. Irgendwann muss ihnen ein Zeitungsartikel in die Hände gefallen sein, in dem stand, dass Sport der Entwicklung eines Halbwüchsigen zuträglich sein kann, und so meldete mich mein Vater in einem Fußballverein an. Die Sache konnte nicht gut gehen. Ich genoss zwar den Respekt, den der neue Status bei meinen Mitschülern einbrachte, aber im Grunde meines Herzens hasste ich es, bei Wind und Regen über einen Sportplatz zu traben, während andere Kinder zuhause saßen und »Daktari«, »Die Waltons« oder »Ilja Richters Disco« ansahen. Ein Anruf meines Trainers beendete die Episode. Meine mangelnden technischen Fähigkeiten gliche ich durch übertriebene Härte aus, monierte er. Dies könne er nicht weiter dulden, da ich schon die gesamte Angriffsreihe der ersten Mannschaft auf dem Gewissen hätte. Ob es denn nicht möglich wäre, mich zu einer weniger Körperkontakt betonenden Sportart wie Tischtennis zu überreden, schlug er vor. Mein Vater war ratlos, sah jedoch ein, dass aus mir kein Nationalspieler werden konnte und kündigte meine Mitgliedsschaft.

Wahrscheinlich tat ich ihm leid oder er interpretierte meine wiedergewonnene Einsiedelei falsch, denn eines Tages stand er vor meiner Zimmertür und überraschte mich mit einem Geschenk. Es war eine Wandergitarre, ein günstiges Sperrholzteil mit großem Korpus, bei der die Nylonsaiten so weit vom Griffbrett abstanden, dass sie nur mit größter Kraftanstrengung niedergedrückt werden konnten. Schaffte man es nicht, gaben sie nur dumpfe »Plongs« von sich. Mir war es egal, mir gefiel der Gedanke, ein Instrument zu besitzen. Dazu noch eines, das die kühnsten Sprünge und coolsten Posen zuließ, die ich bereits unter Zuhilfenahme eines Federball-Schlägers zu den Songs von Status Quo, Deep Purple und T.Rex geübt hatte.

Meinen Eltern schien dies nicht zu genügen. Sie hatten beschlossen, mein sinn- und tonloses Spiel zu beenden, und dies konnte nur an einer Musikschule geschehen. Sie lag im dritten Stock einer Altbauwohnung im Herzen meiner kleinen Stadt und wurde von einem älteren Herrn, namens Giacomo Richter, geleitet. Er sah so seltsam aus, wie es sein Name vermuten ließ: ein Gebirgsmassiv von einem Mann, groß, dick, mit grauen Haaren, die ihm spiralförmig vom Kopf abstanden. Seine Nase hätte jedem Geier zu Ehre gereicht und mit seinen Pranken hätte er leicht jeden Freihand-Ruderwettbewerb gewonnen. Meiner Mutter, die gegen meinen erklärten Willen zur Aufnahmeprozedur mitgekommen war, küsste er die Hand. Er überhäufte sie mit Komplimenten, was sie mit einer zarten Rötung der Wangen und Kleinmädchen-Gegiggel quittierte. Mich wiederum begrüßte er mit eisigem Blick und quetschte mir mit seinem Händedruck die Finger.

Da der Einzelunterricht unbezahlbar war, wurde ich Bestandteil einer Anfänger-Gruppe.

»Ich werde aus Ihrem Sohn einen phantastischen Musiker machen. Und einen noch besseren Sänger«, versicherte Giacomo Richter meiner Mutter und sie zog zufrieden ab. Kaum war sie weg, wurde die Gangart ruppiger. Er schubste mich in einen Raum, in dem meine Mitschüler in einem Halbkreis saßen. Die meisten waren jünger als ich und blickten ängstlich aus der Wäsche. Einen Moment später wusste ich auch warum.

»Passt mal auf, ihr Pappnasen«, grunzte Richter. »Wenn ihr meint, ihr könnt mir meine Zeit stehlen, dann habt ihr euch getäuscht. Ihr werdet üben, bis euch die Haut von den Fingerkuppen abfällt. Ich will Blut auf dem Griffbrett sehen.

Habt ihr verstanden?« Wir nickten. Ein kleiner Junge, der ganz am Rand saß, fing an zu wimmern.

Der Gitarren-Coach ging auf ihn zu, beugte sich zu ihm herunter und sah ihm in die vor Schreck geweiteten Augen.

»Auf dich werde ich besonders achten, Bürschchen«, fauchte er. »Wenn du deine Saiten nicht zum Glühen bringst, dann ziehe ich auf deiner Gitarre Stacheldraht auf.«

Mit einem Kiekser sank der Junge hinter sein Instrument und kam, wenn ich mich recht entsinne, nie wieder hervor.

Der Pädagoge nahm einen Stuhl, setzte sich uns gegenüber und blickte uns der Reihe nach an.

»Wir lernen heute die Griffe D und A«, bellte er. »Und wenn ihr euch nur halb so blöd anstellt, wie ihr ausseht, dann spielt ihr nach dieser Stunde schon euer erstes Lied.«

Fast wäre daraus nichts geworden, denn unsere kleinen steifen Finger wollten bei weitem nicht so, wie wir und vor allem wie es der Maestro wünschte. Hatten wir sie halbwegs in der richtigen Position und ließen den krummen Akkord erklingen, dann stand schon der nächste Wechsel an, was unweigerlich zu einer Pause führte, weil wir die ungelenken Würstchen, eines nach dem anderen, in die nächste Position bringen mussten.

»Da haben sie mir ja wieder ein paar Schwachköpfe geschickt«, maulte der Lehrer, dem natürlich alles viel zu langsam ging.

»Ein Wunder, dass keiner von euch versucht, in die Gitarre hineinzublasen, um Töne zu produzieren.«

Wenn es mal nichts zu mosern gab, wandte er sich an den Kleinen hinter der Gitarre.

»An deiner Stelle würde ich mir eine Maultrommel schenken lassen!«, brüllte er ihn an. Des Kleinen Schlaghand schubberte fortan noch schneller über das Schallloch, während die Finger über das Griffbrett tanzten. Richter beobachtete ihn argwöhnisch und schüttelte nur den Kopf. Zehn Minuten vor Unterrichtsende teilte der Lehrer die Noten des Stückes aus, das wir aufgrund unserer Akkordwechselfähigkeit spielen sollten. Es handelte sich um eine alte Volksweise namens »Ännchen von Tharau«. Bis zu diesem Zeitpunkt hatte ich noch nie etwas davon gehört und so hätte es meines Erachtens auch bleiben können, doch Giacomo kannte keine Gnade.

»Jetzt wird gesungen«, röhrte er und stimmte eine raue Fassung des getragenen Werkes an. Leise singsangten wir unseren Part dazu, fern der unbekannten Melodie und eingeschüchtert vom Geplärr des Meisters. Der erhob sich von seinem Platz, ohne die Stimme zu senken, und lief die Reihe ab, das Ohr dicht an unseren Lippen entlang.

»Warum singt das Mädchen nicht«, polterte er eine Mitschülerin an, die daraufhin in Tränen ausbrach. Der Kleine schien auch kurz davor zu sein, seinen wahren Gefühlen freien Lauf zu lassen, aber immerhin brachte er das Stück mit zitternder Stimme zu Ende.

»Nächste Woche könnt ihr das Lied in- und auswendig, vorwärts und rückwärts«, gab uns unser Lehrer mit auf den Heimweg.

»Wer es nicht kann, der verbringt die Stunde in seinem Gitarrenkoffer.« Er entließ uns mit diabolischem Grinsen.

Mein Stimmbruch überfiel mich über Nacht, zwei Tage vor der nächsten Gitarrenstunde. Wenn ich sprach, hörte es sich an, als würde man den Motor eines Fahrzeugs starten, dessen Batterie den Dienst quittiert hatte. Und mein Gesang war keinesfalls besser. Ich kieksjodelte und brummkrächzte mich durch die Notation, bis meine Mutter mich bat, Ehrfurcht vor der Kunst des Komponisten zu beweisen und es sein zu lassen. Mir grauste es vor der nächsten Unterrichtseinheit. Meine Grifftechnik beherrschte ich zwar meisterlich, doch ich fürchtete mich davor, dass des Teufels Pädagoge meinen instrumentalen Vortrag nicht akzeptierte. Ich sah mich schon in meinem Gitarrenkoffer kauern, während Giacomo Richter zum geschrammelten »Ännchen von Tharau« der Gruppe einen Veitstanz auf dem geschlossenen Deckel vollführte. Je näher die Stunde kam, desto unwohler wurde mir.

»Ich kann da nicht hin«, tschilpte ich meine Mutter Hilfe suchend an. »Wieso denn nicht? Du spielst doch toll«, wehrte sie meinen Asylantrag ab und schob nach: »Naja, so lange du nicht singst.«

Ich bat meinen Vater, mir eine Entschuldigung zu schreiben, doch er verwies darauf, dass Richter auf Vorauszahlung des gesamten Monats bestanden habe und dass er selbst lange habe arbeiten müssen, um mir eine solche Ausbildung zu ermöglichen. Schließlich sei es ja auch meine Idee gewesen, dort Unterricht zu nehmen. Da gegen diese Auslegung der Dinge Widerspruch zwecklos war, simulierte ich eine Fieberattacke und Schwächeanfälle, doch meine Eltern durchschauten meine Täuschungsversuche. Was zur Folge hatte, dass mich meine Mutter zum Gitarrenunterricht begleitete. Wieder war Giacomo die Güte in Person, säuselte allerhand Nettigkeiten, während meine Erzeugerin zum kichernden Backfisch mutierte. Er lobte mein Talent, meine Musikalität und zwickte mich dabei in die Wange, dass es mir schwarz vor Augen wurde. So bekam ich nur am Rande mit, wie meine Mutter mein Todesurteil sprach: »Er spielt wirklich gut, aber mit dem Gesang will es einfach nicht klappen. Der Stimmbruch, wissen Sie?«

Giacomo lächelte gekünstelt und zog an meinem Ohrläppchen, das sich fortan anfühlte, als hätte es Form und Farbe einer Kirsche angenommen.

»Das ist doch gar kein Problem«, flötete er. »Der Junge braucht ein Capodaster.« Aus einer Schublade zog er einen Metallsteg, an dem ein Band befestigt war, und erklärte die Funktionsweise.

»Durch das Verschieben auf dem Steg kann Ihr Sohn die Tonhöhe variieren, bis er irgendwann eine trifft, zu der er singen kann.« Die beiden lachten in trauter Geschäftseinigkeit, Richter küsste die bezahlende Hand meiner Mutter und ich wurde unfreiwilliger Besitzer des Hilfsmittels. Natürlich verbesserte dieses Utensil meine stimmliche Ausgangssituation nicht, denn es gab zu dieser Zeit keine Tonhöhe, die ich auch nur annähernd traf. Aber das Teil reduzierte den Abstand zwischen Saiten und Griffbrett beträchtlich, was mein Spiel erheblich erleichterte.

Was jedoch noch viel schwerer wog, war, dass mich das Capodaster vor Richter schützte. Immer wenn sich seine Laune verschlechterte oder gar gegen mich zu wenden drohte, zog ich es hervor und spannte es auf. Sofort erhellte sich seine Miene und er rief:

»Aaaah. Das Capodaster! Das hat nicht ein jeder.«

Meistens wandte er sich an dieser Stelle einem Mitschüler zu, nicht selten war es der Kleine.

»Faulpelze wie du«, wetterte er dann los, »werden es nie zu einem Capodaster bringen.« Als der Gescholtene ihn in der nächsten Stunde Lügen strafte und mit einem nagelneuen

Metallsteg am Griffbrett überraschte, rastete der Lehrer aus und kettete ihn damit an die Lamellen der Heizung.

Es sollte lange dauern, bis ich begriff, dass es nicht mein Capodaster war, das mich vor den Übergriffen des Lehrers schützte, sondern die Zuneigung zu meiner Mutter. Regelmäßig forderte er mich auf, schöne Grüße zu bestellen und ihr auszurichten, dass ergonomisch geformte Plektren, kunstvoll verzierte Gurte oder Fingerkuppen schonende Saiten eingetroffen seien, die es zu bestaunen gäbe. Die eine oder andere Botschaft hätte vielleicht den Weg zur Adressatin gefunden, wenn er sie nicht mit einem Hirntrauma auslösenden Klaps auf meinen Hinterkopf losgeschickt hätte. So durcheinandergerüttelt ließen die Synapsen nur einen einfachen Gedanken hindurch, der sich fest einbrannte. Er lautete: Leck mich!

Von Mal zu Mal lernten wir neue Akkorde, Schlag- und Zupftechniken und waren schon bald in der Lage, uns durch die komplette »Liederkiste« zu spielen. Von »Wer hat die Kokosnuss« bis hin zu »Blowing in the Wind« hatten wir alles drauf. Richters bösartige Kommentare wurden immer seltener und kurz bevor die Quelle von Hohn und Spott ganz versiegen konnte, zog er das nächste Register in seinem Kinderschreck-Latein.

»Nächste Woche geben wir ein Konzert für eure Eltern und Verwandten. Jeder von euch wird einen Song spielen. Und dazu singen.«

Die letzten Worte betonte er mit Nachdruck und warf mir einen giftigen Blick zu. Er teilte selbst kopierte Einladungen aus, die wir in Umlauf zu bringen hatten. Meine Mutter fand die Zettel, als sie die Taschen meiner Hose vor dem Waschgang durchsuchte.

»Wieso hast du denn nicht gesagt, dass du ein Konzert gibst?«, fragte sie und gab sich selbst die Antwort: »Du willst uns wohl nicht dabei haben?«

Genauso war es: Ich wollte weder sie noch meinen Vater noch irgendeinen Bekannten dabei haben, wenn ich mich stimmband- und fingerverrenkend durch »House of the Rising Sun« wurschtelte. Um präzise zu sein: Ich selbst hatte auch nicht vor, dort hinzugehen. Doch der geweckte Mutterstolz überrollte mich wie eine Lawine.

Giacomo war natürlich der Liebreiz selbst, als er mich und meine Frau Mama – mein Vater hatte sich durch geschickte Ausredemanöver absetzen können – erblickte. Er nahm ihre Hand und führte sie in unseren Proberaum, der mit Stuhlreihen und einer improvisierten Bühne gefüllt war.

»Ich habe Sie schon vermisst«, süßholzraspelte er. »Die neuen Ledergurte sind einfach eine Wucht. Und die Plektren. Sie müssen sich das ansehen.«

Meine Mutter starrte erst ihn, dann mich fragend an.

»Gurte? Plektren?«, wiederholte sie verwirrt. Richter lachte gekünstelt, legte einen Arm um meine Schulter und stieß mir dabei mit dem Zeigefinger der anderen Hand zwischen die Rippenbögen, dass mir die Luft wegblieb.

»Ach, hat Ihr Sohn meine Grüße nicht ausgerichtet«, fragte er eine Spur zu freundlich. Ich wartete die Antwort nicht ab, befreite mich aus seinem Griff und begab mich zu den anderen.

Das Konzert war ein mäßiger Erfolg. Das lag nicht unbedingt an der Songauswahl, die ein wenig an Woodstock erinnerte. Vielmehr war es unser feixender, Grimassen schneidender und Drohgebärden aussendender Gitarrenlehrer in der ersten Reihe, der uns Musiker verunsicherte. Abgelenkt und verängstigt brachte kein Schüler sein Stück anständig zu Ende. Der Kleine musste »Greensleeves« dreimal neu beginnen, bevor er aus Anspannung seine G-Saite abriss und unter Geheul den Raum verließ.

Ich war nach ihm an der Reihe. Mit laut klopfendem Herzen betrat ich die Bühne, nahm auf meinem Stühlchen Platz, legte die Gitarre an und bemerkte die Katastrophe: Mein Capodaster hing nicht am Hals. Es war auch nicht in das Schallloch gefallen, wie eine eingehende Untersuchung ergab. Das Publikum wurde unruhig: Die obligatorischen Huster nahmen bedenkliche, tuberkulöse Ausprägungen an. Schuhsohlen wurden durchgescharrt. Unsicher sah ich meine Mutter an, die neben Richter saß. Sie winkte mir zu und machte eine auffordernde Geste, doch endlich zu beginnen. Ein blitzender Gegenstand an einem schwarzen Band, der langsam von links nach rechts baumelte, schob sich in mein Gesichtsfeld. Zwischen Zeigefinger und Daumen hielt der Gitarren-Coach mein Capodaster und grinste dabei so widerwärtig, dass ich ihm gern meine Sperrholzgitarre über den kantigen Schädel gezogen hätte. Das wäre sicherlich der spektakulärere Abgang gewesen, aber ich entschied mich für eine friedvolle Variante. Ich fing an zu spielen. Doch statt die Melodie und den Text des traurigen Mädchens im Freudenhaus von New Orleans an den Tönen vorbei zu singen, pfiff ich das Lied. Meine Mutter sah den Lehrer mit großen Augen an. Sein Grinsen erfror, seine Gesichtszüge entgleisten und bei jedem Pfiff zuckte er zusammen.

Einige Zuschauer begannen zu tuscheln, andere lächelten, doch am Ende erhielt ich den größten Applaus. Der Whittacker vom Neckartal war geboren, die schwäbische Antwort auf Ilse Werner war gegeben.

Es sollte für lange Zeit mein letzter Auftritt bleiben. Ich hatte genug von Volksweisen jeglicher Couleur und den seltsamen Lehrmethoden des Giacomo Richter. Meine Eltern unternahmen fortan keine Versuche mehr, mir einen Zugang zu Kunst und Kultur zu schaffen und es sollte einige Jahre dauern, bis ich wieder zur Gitarre griff. Es war die Zeit, als der Punkrock aufkam. Hierfür reichten meine Fertigkeiten allemal aus. Mein Capodaster habe ich meiner Mutter geschenkt: als Talisman gegen »falsche Fuffziger«. Irgendetwas hat sie jedoch falsch verstanden, sie trägt es heute noch immer bei sich. Als Geldscheinklammer.

Schraidle ermittelt:
Schummel-Ei für die Statistik

	(Das Telefon klingelt.)
Ich:	Ja?
Schraidle:	Wie sieht's aus?
Ich:	Wie sieht was aus? Könnten Sie Ihre Frage vielleicht ein wenig präzisieren?
Schraidle:	Meine Mehl, die i Ihne gschickt hab. Die mit meiner neua Idee zur Bekämpfung der Arbeitslosigkeit.
Ich:	Das muss ich überlesen haben.
Schraidle:	Ja, herrgottsdonderwetteraberau. Wie soll's em Ländle vorwärtsganga, wenn di beschde Eifäll ignoriert werdat?

Ich: Ei-Fäll? Ach, Sie meinen Ihren Vorschlag, menschliche Kalk-Eier in der Gastronomie einzusetzen?

Schraidle: Haja, der isch doch subbr!

Ich: Äh, wenn ich ehrlich bin: Ich habe ihn nicht verstanden.

Schraidle: Ha, no schwätzet Se doch ebbes! Also, passed Se uff, i erklär's nomol. Früher hat mr Kalkoier eigsetzt, damit die Henna net iberall auf'm Hof ihre Oier legat, sondern bloß dort, wo scho welche liegat.

Ich: Aha!

Schraidle: Ond eigentlich isch's beim Menscha doch genauso. Der goht bloß in a Boiz, wenn scho oiner drenhockt. Wenn die Wirtschaft leer isch, kennt er jo au drhoimbleiba. Jetzt han i mir dengt, mr kennt doch Leid anschdella, die beruflich in der Kneipe hoggat, damit andere dengat: Ha, do hoggt scho oiner, do isch's gmiatlich, da gang i nei.

Ich: Und der Gastwirt bezahlt diese ...

Schraidle: ... menschliche Kalkoier. Ha klar. Do nemmt der sich a paar 1-Euro-Jobber, no isch des doch a bombigs Gschäfd. Ond die Arbeitslose freiet sich au. Di hen was zom doa ond hoggat em Warme ...

Ich: Ihre Idee in Ehren, aber das wird so nicht funktionieren. Grundlage für 1-Euro-Jobs sind öffentlich-rechtliche Verträge. Außerdem sind sie zeitlich begrenzt. Und das ist auch gut so.

	Schließlich sollen die Menschen in den Arbeitsprozess integriert werden.
Schraidle:	Bei meiner Idee handelt es sich nur um öffentliche Gaschdstätten, in denen es sehr rechtlich zugoht. On der Job muaß iberhaupt net zeitlich begrenzt sei: Wenn die Kalkoier in der oine Boiz fertig sen, no ganget se halt in d' nächschde.
Ich:	Und der Staat zahlt weiterhin deren Bezüge. Eine tolle Entlastungsmaßnahme, die Sie da vorschlagen.
Schraidle:	Ha freilich. 's goht doch au um die Schdadischdik.
Ich:	Hä?
Schraidle:	Wer einen 1-Euro-Job hot, isch nicht arbeitslos. Hab i glesa.
Ich:	Na toll, Sie Pseudo-Stratege. Sie sollten für die Regierung arbeiten. Die ist für solche Rechenexempel dankbar.
Schraidle:	Des wär net schlecht. Deshalb sod mr mol was iber mei Idee schreiba.
Ich:	Über so einen Schwachsinn schreibe ich nicht.
Schraidle:	Vielleicht an Kollege von Ihne?
Ich:	Ich kenn keinen, der seinen Namen für diesen Unsinn hergeben würde.
Schraidle:	Vielleicht unter einem Psychogramm?
Ich:	Sie meinen ein Pseudonym?
Schraidle:	Onder am andre Noma halt.
Ich:	Nein. Noch nicht einmal als journalistisches Kalkei.
Schraidle:	Dann eba net. Ade, i meld mi wieder.

Wahrscheinlich vielleicht

Hier stehe ich also an der Bushaltestelle, deren Bedachung gehörige Löcher aufweist, und die zwanzigprozentige Regenwahrscheinlichkeit läuft mir gerade in den Kragen. Wieder einmal habe ich den waghalsigen Vorhersagen eines Radio-Wetterfroschs vertraut, zwanzig Prozent als zu vernachlässigende Größe eingestuft und den Schirm zu Hause gelassen. Dort steht er trocken und sicher, kann nicht beschädigt werden oder verloren gehen. Ach, Schirm möchte man in meinem Haushalt sein.

Böse Zungen könnten nun behaupten, der Hobby-Meteorologe beim Sender meines Vertrauens habe seinen Beruf verfehlt. Aber im Ernst: Glauben Sie wirklich, dass in unserer Radiolandschaft für das heikle Thema »Wetter« Spezialisten eingesetzt werden? In einer Branche, in der sich jeder Amateur-Funker Sender nennen darf, nur weil er eine Frequenz besetzt hält und fünf Kuschelrock-CDs besitzt, die er nacheinander bis zum Erbrechen der Hörerschaft abnudelt? Glauben Sie wirklich, dass sich jede Station einen Angestellten leisten kann, der einzig und allein die Aufgabe hat, den Leuten Ammenmärchen über das Wetter zu erzählen? Niemals!

Bestenfalls wird ein Redakteur per Los gezogen und gezwungen, die Hörerschaft wortreich und schonend auf das vorzubereiten, was sie den ganzen Tag zu ertragen hat.

Regenwahrscheinlichkeit in Prozent.

»Wer hat sich diesen Schwachsinn eigentlich ausgedacht?«, brülle ich den verdutzten Busfahrer an, der sein Fahrzeug kurz zuvor in einer Riesenlache zum Stehen gebracht hatte und somit das Werk vollendete, das der Regen allein nicht zu leisten vermochte: die Stellen meiner Bekleidung einzunässen, die von oben schlecht erreichbar waren.

Ich meine, eigentlich ist es doch so: Entweder es regnet oder es regnet eben nicht. Man muss kein Albert Einstein sein, um daraus abzuleiten, dass die Regenwahrscheinlichkeit somit bei fünfzig Prozent liegt.

»Oh nein«, freuen sich die Wetterexperten über so viel Unkenntnis der Materie und schütteln den Abakus im Takt der neuesten Hits. »Das ist höhere Mathematik, mein Lieber.« Und sofort treten sie den Beweis an, dass dieser Angabe die Kunst der Wahrscheinlichkeitsrechnung zugrunde liegt.

»Nehmen wir Ereignis A: Es regnet jetzt, Ereignis B: Es regnet nachher und Ereignis C: Es regnet irgendwann. Nun kommen wir zur Wahrscheinlichkeit, indem wir annehmen, es regnet jetzt und nachher nicht oder es regnet erst nicht und dann doch oder es regnet immer und irgendwann wieder nicht. Oder alles umgekehrt.«

Wie bereits zu meiner Schulzeit bereiten mir Definitionen dieser Art heftige Kopfschmerzen, die irgendwie den Teil des Gehirns blockieren, der für das Gehör zuständig ist. Ein leichter Pfeifton legt sich über das Geschwafel des Mathematikers und ein kühler Schauer breitet sich auf meiner Haut aus. Ist das die viel zitierte gefühlte Temperatur?

»Das ist doch auch so ein Humbug«, lasse ich lautstark meine Mitfahrerinnen und Mitfahrer im Bus wissen. Ich meine, wenn mein Thermometer 15 Grad Celsius anzeigt, wie kann dann dieser Radioheini behaupten, die gesamte Menschheit würde nur 13 Grad davon spüren? Was machen die restlichen zwei Grad? Sitzen sie auf der Reservebank und warten auf ihren Einsatz? Werden sie mit den Worten: »Oh Mann, Grad

10 und 11 sind heute gar nicht gut drauf, die wechseln wir aus. Ok, 14 und 15, macht euch schon mal warm!« aufs Spielfeld des Lebens geschickt?

Die Meteorologen haben inzwischen ihre Beweisführung zur Regenwahrscheinlichkeit mit dem Kürzel für besondere Besserwisserei »q. e. d.« abgeschlossen und wenden sich sofort diesem Phänomen zu.

»Temperatur ist natürlich eine feste Größe, aber sie wird durch Windstärke, Luftfeuchtigkeit und Sonneneinstrahlung beeinflusst. Nur so ist es erklärbar, dass sich Skifahrer bei Sonnenschein und Minusgraden bis auf die Skistiefel entkleiden, während Winterjacke und Fellmütze zur Grundausstattung eines jeden gehören, der in Deutschland den Sommer verbringt.«

Vor so viel Intelligenz strecke ich die Waffen und überlege, wie das tägliche Leben mit Werten wie diesen bereichert werden könnte.

Der Bus zum Beispiel, in dem ich unterwegs bin, hat eine gefühlte Reisegeschwindigkeit von 10 km/h, obwohl die Tachonadel bestimmt auf die Dreißig zeigt. Dies fühlt aber nur ein Reisender, der im Gefährt sitzt. Für einen potentiellen Fahrgast, der ein wenig zu spät die Haltestelle erreicht, muss die gefühlte Abfahrgeschwindigkeit des Busses bei 120 km/h liegen.

Oder wie wäre es mit einer Zunahmewahrscheinlichkeit nach einem besonders üppigen Mahl? Einer gefühlten Freundlichkeit des Service-Personals im Restaurant? Einer Verständigungswahrscheinlichkeit nach dem Genuss von Alkohol mit anschließender Einschätzung des gefühlten Kopfschmerzes am nächsten Morgen? Zur Unterscheidung stehen hier die Kriterien Kreissäge, Presslufthammer und Gebäudesprengung zur Verfügung.

Am allerschönsten wäre es, wenn man diese Angaben in die Arbeitswelt übertragen könnte. Das wäre doch toll, wenn Sie am Abend Ihrem Chef die Mitteilung zukommen lassen könnten, dass die Wahrscheinlichkeit des Erscheinens für den nächsten Morgen dreißig Prozent beträgt. Schließlich liegt die gefühlte Lust aufzustehen konstant bei zwanzig Prozent und Ihnen fallen wahrscheinlich zu fünfundsiebzig Prozent Tätigkeiten ein, die angenehmer sind als zu arbeiten. Aber vielleicht ist es besser, diese Angaben für sich zu behalten. Denn die Wahrscheinlichkeit, dass Ihr Chef Ihre Ehrlichkeit schätzt, dürfte gegen null tendieren. Da bin ich mir hundertprozentig sicher.

Schenken ist Glückssache

Wenn die Prospektbeilagen zentnerschwer aus den Tageszeitungen rieseln, wenn die Glocken der Verführung die Nervensaiten zum Schwingen bringen und es süßlich-ranzig in den Gassen mieft, merkt ein jeder, ob er nun will oder nicht: Weihnachten ist nicht mehr weit.

Und mit dieser Erkenntnis stellt sich, wie alle Jahre wieder, die zumindest für drei Tage Seelenheil versprechende Frage: Was schenke ich meinen Lieben? Tipps und Anregungen prasseln aus den Medien auf diejenigen, die der Meinung sind, dass Geben nicht zwingend seliger denn Nehmen ist, aber zum guten Ton gehört, wenn nicht gar Zuneigung zum Ausdruck bringt. Hier habe ich an dich gedacht und diesen Mist dir mitgebracht, scheint das Motto zu lauten und so stürmen sie die Geschäfte, verfallen dem Sog des kollektiven Kaufrausches und sorgen dafür, dass es zumindest dem Einzelhändler warm ums Herz wird. Die Bescherung, wenn beim Überraschten aufgrund des unerwarteten Präsents die Gesichtszüge entgleisen, können sie jedoch nicht verhindern.

Dabei könnte es doch so einfach sein, würden Erkundigungen nach Herzenswünschen bei der/dem potenziell Beschenkten eingeholt. Bei Kindern, die kurz nach den Sommerferien bereits mit der Anfertigung der Weihnachtswunschliste beginnen, ist dies noch relativ einfach. Bei Älteren jedoch bringt auch eine gezielte Frage nicht immer die angestrebte Erkenntnis. Oft bekommt der Antwortsuchende nur die bescheidene Auskunft: »I woiß au net, lass dr halt was eifalla.« Oder: »I hab doch älles, i brauch nix.« Im schlimmsten Fall gar: »Machsch a freindlichs Gsicht, des dät scho langa.«

Was sollen potenzielle Gabenbringer mit diesen Informationen anfangen? Sie bleiben, und damit nimmt die Misere ihren Lauf, auf sich und ihre Fantasie allein gestellt.

Erinnerungen werden hervorgekramt, mit Akribie werden Nichtigkeiten zu Vorlieben deklariert. Nur so ist es zu erklären, dass der asthmatische Onkel zum wiederholten Male Zigarren bekommt, da sein Reizhusten von der Verwandtschaft fehlinterpretiert wurde. Und auch die lebergeschädigte Großmama wird an der Flasche Klosterfrau Melissengeist nur wenig Freude haben. Allergiker schätzen kosmetische Cremes gegen ihre großflächigen Hautirritationen nur wenig und einem passionierten Nacktschläfer einen Schlafanzug zu überreichen, das ist fast so, als bringe man einem Einbeinigen Stelzen mit. Es ist eben nicht der gute Wille, der bei der Wahl des richtigen Geschenks zählt. Und auch die Mühe und der Ausdruck von Kreativität, die in einem selbst gebastelten Mitbringsel stecken, kann maximal Kindern verziehen werden.

Freilich ist der Beschenkte selbst schuld, wenn er nicht klar und deutlich formuliert, was ihm wirklich Freude bereitet. Aber durch das falsche Geschenk zur falschen Zeit kommt er in eine noch hoffnungslosere Position: Er muss gute Miene zum bitterbösen Spiel machen und Freude heucheln. Dabei würde er in vielen Fällen gern seinen wahren Gefühlen Ausdruck verleihen und den Gast samt Gabe wieder nach Hause schicken.

Vorsicht ist bei unbedachten Äußerungen angeraten. Eine Freundin handelte sich durch den lässig-lockeren Spruch »Kühe find ich gut« eine komfortable Sammlung an Tassen, Tellern, Mützen, Jacken, Taschen, Schuhen, Kissen, Decken, Lampenschirmen und Autositzschonbezügen ein. Alles in der schwarz-weiß gefleckten Milchvieh-Optik. Als sie umzog, kam dies einem Almabtrieb gleich.

Das gern benutzte Hintertürchen »Wenn es ihr/ihm nicht gefällt, kann sie/er es ja weiterverschenken« gehört übrigens zu den Bescherungs-Todsünden und demnach zugemauert. Wer mit so wenig Herz gibt, sollte es besser gleich lassen oder auf die Gutschein-Notlösung zurückgreifen. Zumal das Weiterreichen von Mitbringseln als äußerst unfein gilt und auch eine gewisse Gedächtnisleistung erfordert. Von wem habe ich was bekommen und an wen kann ich es weiterleiten, ohne überführt und fortan als Geizkragen eingestuft zu werden. Noch wichtiger scheint die Frage, bei wem die Gefahr am geringsten ist, das ungeliebte Präsent nicht früher oder später wieder zurückzuerhalten? Gute Adressen für diese Dinge sind Dienstleister wie Postbote, Zeitungsausträger oder Hausmeister. Da sie ohnehin nicht erwarten können, dass ihnen irgendjemand etwas freiwillig überreicht, werden sie sich gegen eine Gabe bestimmt nicht wehren. In besonderen Fällen der Geschmacksverirrung des Schenkers empfiehlt es sich, es sofort an die Müllmänner weiterzuleiten. Sie sitzen, rein bildlich gesprochen, am längeren Hebel und haben die Macht, den ungesunden Kreislauf zu unterbrechen. Natürlich nehmen auch sie nicht alle Geschenke bereitwillig an. Aber die Erfahrung hat gezeigt, dass in diesen Fällen eine Regel Wirkung zeigt, die auch immer dann eingesetzt werden sollte, wenn aller Ideen Abend ist:

Fällt dir beim Schenken nichts mehr ein,
versuch es mal mit einem Schein.

Schraidle ermittelt: Klare Worte

	(Das Telefon klingelt.)
Ich:	Ja bitte?
Schraidle:	I muss mi beschwera.
Ich:	Herr Schraidle, wie schön von Ihnen zu hören. Was gibt's?
Schraidle:	Die ganze Zeit mach i subbr Vorschläg, über was mr schreiba kennt, ond jetzt les i in dr Zeidung Ihrn Bericht über a Führung durch a Klärolag.
Ich:	Oh ja, das war sehr aufschlussreich.
Schraidle:	Schdemmt des, dass do 60 Leit dabeigwesa sen?
Ich:	Ja, das müsste hinkommen.
Schraidle:	Des fend i oglaublich. Die Leid intressierad sich doch für jeden Scheiß. Bloß für mein net.

Bronkovics Rückkehr

Zu den Veränderungen im Leben, die ich am meisten verabscheue, gehört der Wohnungswechsel. Nicht aus Heimweh oder mangelnder Neugier an einer neuen Umgebung treibt es mir die Sorgenfalten ins Gesicht. Nein, es ist schlicht und ergreifend der Umzug, der mich panisch werden lässt. Jeder Gegenstand in der Wohnung wird auf seine Entbehrlichkeit überprüft, bevor er entweder in einer Kiste oder auf dem Stapel für die Müllhalde landet. Dann diese Schlepperei. Will man sich nicht auf schlecht gelaunte und zur Unvorsicht neigende Möbelpacker verlassen, sind Freunde gefordert, deren Gleichgültigkeit dem fremden Hausrat gegenüber proportional zur Anzahl der Umzüge wächst. Was kaputt ist, muss nicht vier Stockwerke nach oben und beim nächsten Umzug auch nicht nach unten bewegt werden. Zudem hat jeder Freundschaftsdienst seinen Preis und das bedeutet, dass man bei den Wohnungswechseln seiner Helfer ebenfalls gefordert ist. Bei Verweigerung droht der Rutsch ins gesellschaftliche Aus, bei Zustimmung der Rutsch der Bandscheiben. Wer die Wahl hat, hat in diesem Fall sehr wahrscheinlich die Qual.

Dennoch gibt es keinen anderen Ausweg. Wir müssen unsere Wohnung verlassen. So schnell wie möglich. Ich wusste es schon im ersten Moment, als mein Herzblatt mit tränenerstickter Stimme bei mir im Büro anrief.

»Er ist wieder da«, schniefte sie. »Bronkovic ist zurück.«

Ein kalter Schauer lief mir über den Rücken, meine Kopfhaut begann pelzig zu werden. Der Telefonhörer in meiner Hand gewann an Gewicht, bis ich ihn nicht mehr halten konnte. Krachend landete er auf der Schreibtischplatte. Mit zitternden Händen trennte ich die Verbindung, schlug das Branchenverzeichnis auf und wählte die erstbeste Nummer eines Umzugsunternehmens.

Unsere erste Begegnung mit Bronkovic war offizieller Natur und verlief zunächst sehr unpersönlich. In einem Schreiben an alle Bewohner, das am Schwarzen Brett im Hausflur hing, wurden wir darüber in Kenntnis gesetzt, dass es bei Strafe verboten sei, Armaturen und ähnliche Gegenstände im Hausmüll zu entsorgen.

»Wie unser neuer Hausmeister, Herr Miroslav Bronkovic, mitteilte«, so wortwörtlich, »fand er ein Waschbecken und Bauschutt in der Mülltonne.« Dies sei gemäß der Verordnung der Abfallwirtschaftsbetriebe verboten und aus dem besonderen Grunde verwerflich, weil die Entsorgungsbehörde, ehemals Müllabfuhr, diese Freveltat ahnde, indem sie sich weigere, die Tonnen zu leeren.

Natürlich war meine Empörung groß: Wer macht denn so etwas? Bauschutt in einer Hausmülltonne entsorgen. War der Täter etwa nicht in die Weihen der Mülltrennung eingewiesen worden, die in einem perfekt funktionierenden schwäbischen Haushalt zu den obersten Geboten gehört? Wusste er etwa auch nicht, dass Plastikbehältnisse auszuspülen sind und erst danach zu Unrat deklariert werden dürfen? Wickelte er womöglich auch seine Bioabfälle nicht in Zeitungspapier, um die Geruchsbelästigung zu vermeiden?

Mein Verdacht fiel auf unseren neuen Nachbarn, dessen Pkw ein Pinneberger Nummernschild trug. Das duale System war zwar auch in Norddeutschland bekannt, doch während meiner Zeit in Hamburg musste ich so manche Nachlässigkeit erleben. Einmal erwischte ich eine Raumpflegekraft dabei, wie sie meine Behältnisse, in die ich meinen Abfall sorgsam nach Bio und Nicht-Bio aufgeteilt hatte, in eine große Tonne leerte. So viel zur hanseatischen Auslegung von Verordnungen. Außerdem drangen aus der Wohnung des Zugezogenen seit Tagen Klopf- und Bohrgeräusche. Ich berichtete meiner Liebsten von meiner Ahnung. Doch sie erwiderte, in einer Art, wie es nur Vertreterinnen des weiblichen Geschlechts vermögen: »Das kann doch nicht wahr sein, dass dieser Hausmeister unseren Müll durchwühlt.«

Einige Wochen gingen ins Land. Miroslav Bronkovic und die Hausverwaltung waren längst vergessen, das Leben in unserem Haus und überhaupt dümpelte ereignislos vor sich hin. Es war eine Zeit, in der weitreichende Überlegungen heranreiften und ebenso gewichtige Entscheidungen getroffen wurden. Ich entschied, den Keller aufzuräumen. Nach mehreren Stunden harter Plackerei und eingerichtetem Pendeldienst zwischen Recyclinghof und Altglas-Container zerkleinerte ich zum krönenden Abschluss meiner Glanzleistung völlig entkräftet zwei Pressspanplatten. Müde und erschöpft starrte ich auf die Bruchstücke, die vor mir lagen und mich erwartungsvoll anglotzten. Es war schon spät, mir brummte der Schädel, da stimmten die Holzbröckchen zu einer Kindermelodie den Singsang an:

»Nochmals zum Recyclinghof,
ach, das wäre uns zu doof.
Was wäre es für eine Wonne,
zu landen in der Hausmülltonne.«

Ich kam ihrem Wunsch nach. Das letzte Stück befand sich noch im freien Fall, als ein zwei Meter großer Gigant mit hassverzerrter Miene und kehligem Wutgebrüll aus einem Gebüsch hervorsprang. Mit ausgestreckten Armen stürzte er auf mich zu, wollte mir an die Kehle gehen, besann sich im letzten Moment jedoch eines besseren und fiel über den Container her. Mit hochrotem Kopf tauchte er in die Tonne, kramte darin herum, bekam meine Holzteile zu fassen, hielt sie mir unter die Nase und fletschte die Zähne.

»Prrresssspan gehörrrt nicht in den Hausmüll«, knurrte er mich an.

Ich wich zurück, formte aus meinen Zeigefingern ein Kreuzzeichen, das ich vor sein Gesicht hielt und murmelte eine Beschwörungsformel.

So ein paar Stückchen Holz würden in einer so großen Tonne doch gar nicht auffallen, sagte ich. Sie würden sich ganz klein machen und den anderen Müll bestimmt nicht stören. Ich kann mich an den genauen Wortlaut meiner Argumentation nicht mehr genau erinnern, aber sie war wenig stichhaltig. Den Schaum vor dem Mund des Riesen deutete ich indessen als Indiz dafür, dass er zu keinem Gespräch bereit sei. Es blieb mir nichts anderes übrig, als die Teile herauszukramen. Bronkovic, so das Namensschild auf dem blauen Kittel des Berserkers, überwachte dies mit Argusaugen und entließ mich erst, als auch das letzte Fitzelchen entfernt war.

Fortan waren wir auf der Hut. Um ehrlich zu sein, hatten wir sogar ein wenig Angst. Wir näherten uns den Containern nur noch selten und wenn doch, blickten wir uns mehrmals um und suchten beim leisesten Geräusch das Weite. Darunter litt unsere Abfallentsorgung erheblich. Meine Lebensgefährtin und ich knobelten darum, wer den Gang zur Mülltonne antreten musste, wir feilschten und handelten. Das höchste Gebot, eine sechswöchige Luxuskreuzfahrt auf der Queen Mary, stammte von meiner Partnerin. Da keine Einigung erzielt werden konnte, arrangierten wir uns mit unserer Lage. Wir konnten der unfreiwilligen Installation aus Müllsäcken, die sich in der Küche und im Flur stapelten, sogar etwas Dekoratives, um nicht zu sagen Beuysianisches abgewinnen.

So konnte es nicht weitergehen! Wir sprachen unsere Mitbewohner an, wollten eine Interessensgemeinschaft gegen Bronkovics Mülldiktat gründen, doch sobald sein Name fiel, schlossen sie nervös die Wohnungstüren und legten die Sicherheitsketten vor.

Auch die Anrufe bei der Hausverwaltung blieben erfolglos.

»Herr Bronkovic tut nur seine Pflicht. Zu seinen Aufgaben gehört es, gerade in den wichtigen Belangen der Mülltrennung für die Ordnung zü sorgen, die in Ihrer Hausgemeinschaft sehr offensichtlich aus den Fugen geraten ist.«

Hier war keine Hilfe zu erwarten und die Lage spitzte sich zu.

Eines Abends beobachtete ich, wie der Hausmeister den Abfalleimer einer alten Dame aus dem ersten Stock inspizierte. Er trug eine grüne Uniform und eine Armbinde, auf der ein grüner Punkt abgebildet war. Mit einer Reitgerte zeigte er auf die Tüte der Alten und wies sie an, auszupacken.

»Wasss issst dass?«, fragte er scharf und deutete auf einen Staubsaugerbeutel. Die Dame antwortete wahrheitsgemäß.

»Gehörrt nicht in die Biotonne!«, schnaubte der Racheengel der geschundenen Umwelt wütend und stocherte weiter im Unrat.

»Und dieserr Knochen hierrr? Handelt es sich dabei etwa um einen Tierrrkadaverrr?«

Das Muttchen schüttelte verunsichert den Kopf und brachte nur ein verschüchtertes »Göckele« hervor.

»Zurrrück in die Wohnung. Dieserr Müll wirrrd hierrr nicht entsorrrgt.«

»Aber 's riecht doch scho«, schluchzte die Dame. Bronkovic blieb hart. Traurig schlurfte die Frau von dannen.

»Was können wir tun?«, fragte ich meine Lebensgefährtin. Sie hatte einige Gelbe Säcke zu einer komfortablen Sitzgelegenheit zusammengeschoben und las im neuesten Müllkalender.

»Wir schlagen ihn mit den eigenen Waffen!«, sagte sie und blinzelte mir verschwörerisch zu.

Wir weihten einige mutige Nachbarn ein, mit denen wir uns, mit Unrat bepackt, zu einer vereinbarten Zeit vor der Haustüre trafen. Gemeinsam schlenderten wir zu den Tonnen. Bronkovic hielt eine Art Parade ab, marschierte im Stechschritt zwischen den Behältnissen umher, die Reitgerte unter den Arm geklemmt. Als er uns kommen sah, blieb er stehen und stellte sich uns in den Weg.

»Kontrrrollä«, rief er und wies auf meinen Eimer mit Bioabfällen und auf den Sack mit Kunststoffverpackungen unserer Nachbarin Stegmaier.

Ich hob den Deckel, er kramte mit der Reitgerte in den in Zeitung verhüllten Gemüseschalen, Apfelresten und abgestorbenen Pflanzenteilen.

»Ha, was isch des? Der hot jo an Korka drin in seinem Biomüll«, denunzierte mich Frau Stegmaier plangemäß. Bronkovic sprang sofort darauf an.

»Alläs auspackän!«, herrschte er mich an und ich begann murrend den Inhalt des Eimers vor ihm auszubreiten.

»Ja, und bei Ihnen? Da befinden sich ja CDs im gelben Sack. Das ist verboten!«, schwärzte ich meine Nachbarin an. Bronkovic stürzte sich auf den Beutel, zerrte die Schleife auf und heulte auf vor Wut. »Auspackän, alles«, jaulte er. Dies war das Stichwort von Herrn Kächele, der Herrn Siebert verriet: »Der hot a beschichtete Pappe in seiner Guck. Also ins Altpapier ghört des aber net.«

Sieberts schauspielerische Leistung war grandios. Er gab gekonnt den Entrüsteten. »Ond Sie? Isch des womöglich a Badderie, die in Ihrm Hausmüll blitzt?«, konterte er.

Bronkovic hechtete von einem zum anderen, fuchtelte und plärrte: »Auspackän, auspackän. Alläs. Kontrrrollä.«

Den Tumult nützten meine Lebensgefährtin und einige Mitwisser, um an dem überforderten Hausmeister vorbeizuschleichen und einige Abfallsäcke zu entsorgen. Das klappte zunächst ganz gut, doch dann entdeckte der Müllinspekteur, dass er hereingelegt worden war.

»Intrrrigä!«, krächzte er und ließ die Reitgerte durch die Luft sausen. Wie eine Furie schoss er auf die Tonnen zu, schloss krachend die Deckel und drohte jedem, der den Behältnissen zu nahe kam, mit der Faust. Als er erkannte, dass er so gegen uns, die wir in der Überzahl waren, nicht ankommen konnte, griff er zu dem am Boden liegenden Unrat und befeuerte uns mit Dosen, Getränkekartons und Gemüseresten. Wir traten den Rückzug an und verbargen uns im Hausflur. Herr Siebert alarmierte über sein Mobiltelefon die Polizei.

Bronkovic empfing die Beamten mit einem Bombardement und verschlechterte seine Lage erheblich, als er das Blaulicht mit einem halben Kohlkopf vom Wagendach feuerte. Drei Mann waren nötig, um den Tobenden zu überwältigen. Als er mit auf dem Rücken gefesselten Händen auf dem Boden lag und »Verrat, Verrat. Das werrrdet ihrrr berrreuen« brüllte, tat er mir fast ein bisschen leid.

Acht Monate hatten wir Ruhe. Bronkovics Nachfolger war ein netter, zuvorkommender junger Mann, der es mit seiner Pflichterfüllung nicht ganz so genau nahm. Ich traf ihn häufig im Wäsche-Trockenraum, in dem er sich eine gemütliche

Bleibe eingerichtet hatte und seinen Arbeitstag nach seinem Geschmack gestaltete. Dass hierzu ein Kistchen Rotwein und ein Haschpfeifchen gehörte, störte mich nicht im geringsten. Die Hausverwaltung offensichtlich schon. Nur so war zu erklären, dass das Unmögliche möglich wurde: die Rückkehr des Miroslav Bronkovic.

Nun ist der Möbelwagen unterwegs. Obwohl sich der Herr am Telefon sehr wunderte, dass ich ihm noch keine neue Adresse durchgeben konnte. Sollten Sie also eine erschwingliche Wohnung kennen, dann geben Sie uns Bescheid. Sie finden uns am Stadtrand, in der Behausung, die wir aus gelben Müllsäcken errichtet haben.

Jederzeit hilfsbereit

Über den Schwaben an und für sich werden ja viele Halbwahrheiten verbreitet, die sehr wahrscheinlich aus einer Missinterpretation der Statistik herrühren. Haben wir die höchste Sparquote der Republik, heißt es, wir seien geizig. Steigt unser Bruttoinlandsprodukt überdurchschnittlich, gelten wir als Streber, und wer vermutet, der Schwabe opfere den Samstag zur Verrichtung von Hausarbeiten, zur Pflege des Autos oder zur Bestellung seines »Äckerles«, der ist entweder in der Zeit verrutscht oder hat noch nie eine Innenstadt an einem lauen Frühlingstag besucht.

Ein Klischee-Mythos reiht sich an den anderen, fügt sich wie ein Mosaik zu einem Bild zusammen, von dem sich der

Betrachter zwangsläufig angewidert abwenden muss. Den Schwaben ist es egal, sie haben gelernt mit ihrem Image zu leben und schließlich wissen sie ja selbst am besten, wie es um die Wahrheit bestellt ist.

Eines jedoch kann ihnen nicht vorgeworfen werden: mangelnde Hilfsbereitschaft. In Sachen praktizierte Nächstenliebe und um Angelegenheiten scheren, die nicht direkt in unseren Zuständigkeitsbereich fallen, sind wir unschlagbar. Wir kümmern uns um andere, ob die Betroffenen dies nun wertschätzen oder nicht. In unseren Städten kommen Touristen gar nicht dazu, ihr Kartenmaterial auszubreiten. Wir bringen den Suchenden natürlich sofort höchstpersönlich ans Ziel. Wir werden nicht müde, darauf hinzuweisen, dass der Nachbar sein Klingelschild nicht um den Namen der Ex-Gattin bereinigt hat, obwohl sie schon seit Wochen ausgezogen ist. Und wenn er denn so gar nicht reagieren will, dann legen wir halt selbst Hand an und tauschen es aus. Ist unser Helfersyndrom erst einmal entfacht, dann lassen wir uns von diesem Pfad nicht mehr abbringen.

So konnte ich wohl auch nicht anders, wollte ich nicht mit den Traditionen meiner Väter brechen, als der Leierkastenmann in der Fußgängerzone mich bat, kurz auf sein Instrument aufzupassen. Er müsse, erklärte er mir und sprang dabei von einem Bein auf das andere, dringend einem Bedürfnis nachkommen, das keinen Aufschub dulde. Ich zögerte. Eigentlich hatte ich mir den Verlauf meiner Mittagspause anders vorgestellt, doch als er das Gesicht verzog und hechelnd atmete, stimmte ich zu. Er lächelte mich dankbar an und äußerte kurz vor seinem Verschwinden noch die Bitte, ich möge doch die

Kurbel seiner Drehorgel bedienen. Es sei gerade die beste Geschäftszeit und der Verlust, der durch den Stillstand der Leier entstünde, sei nicht mehr aufzuholen. Er wies mich kurz in die Geheimnisse seines Instruments ein, bis eine deutlich hörbare Flatulenz das Signal gab, dass es höchste Eisenbahn war.

Natürlich kam ich seinem Wunsch nach. Das liegt daran, dass in solchen Momenten mein angeborenes schwäbisches Hilfsbereitschaftsgen alle Vernunftssysteme blockiert und das Wörtchen »Nein« durch ein fröhliches »Na klar« ersetzt. Wer braucht schon ein Selbstwertgefühl, wenn Menschlichkeit gefordert wird.

Ich stand also inmitten der Fußgängerzone meiner kleinen Stadt, drehte an der Kurbel eines Leierkastens, der lautstark »Adelheid, Adelheid, schenk mir einen Gartenzwerg« von sich gab, und betete, dass niemand vorbeikommen möge, der mich kennt. Ich schlug den Kragen meines Mantels höher und bedankte mich mit verstellter Stimme, wenn Passanten Münzen in den Hut warfen, der zu diesem Zwecke vor mir auf der Straße lag.

Ob Sie es glauben oder nicht: Dies war bei weitem nicht der peinlichste Auftritt in meinem Leben. Nein, unangefochten an der Spitze meiner persönlichen Blamier-Hitparade stand ein Einsatz als Waschmaschine, den ich während meines Studiums abgeleistet hatte. Eine Kommilitonin, die in einer Werbeagentur ein Praktikum absolvierte, hatte mich um Hilfe angefleht, ohne mir zu verraten, worin meine Aufgabe bestand. Sie hatte am Telefon geweint, oder es zumindest sehr glaubwürdig gespielt, und mit ihren Tränen alle meine Bedenken weggewaschen. Ich fuhr also zu einer Reinigung in der Innenstadt, die an diesem Nachmittag Eröffnung feiern wollte, und fand dort einen Plastikschlauch vor, den ich anziehen musste. Mittels eines Gebläses formte sich aus dem Gummianzug ein überdimensionaler Waschautomat, der mich vollkommen einhüllte. So ging ich vor dem Laden auf und ab und sorgte für die nötige Aufmerksamkeit für die Aktion. Beruhigend war, dass weder mein Körper noch mein Gesicht zu sehen waren. Außer meinen Füßen ragten nur meine Arme aus dem Gebilde heraus, in den Händen hielt ich das Werbematerial und Luftballons, die ich verteilen sollte.

Dennoch gab es einige unverfrorene Zeitgenossen, die in die Sehschlitze, durch die ich mich orientierte, hineinblickten und ihre impertinenten Kommentare absonderten: »Dir isch wohl koin Job zu bled« und »Hoffentlich krigsch des wenigschdens guat zahlt« lauteten sie. Die Gage war in der Tat nicht schlecht und mein Peinlichkeitslevel sank von Tag zu Tag. Zwei Wochen dauerte der Auftrag und spülte ein erkleckliches Sümmchen in meine immerzu leere Studentenkasse.

Dennoch verschwieg ich diese Tätigkeit und bat auch alle, die davon wussten, niemandem davon zu erzählen. Nicht einmal meine Eltern weihte ich ein. Ich wollte nicht, dass sie von Verwandten und Bekannten, nach dem Beruf ihres Sohnes befragt, zugeben mussten: »Och, er ist zur Zeit als Waschmaschine beschäftigt. Aber wenn er sich anstrengt, kann er bald zum Trockner aufsteigen.«

Dieses Mal sollte es mir jedoch nicht gelingen, meinen Auftritt vor meinen Erzeugern zu verheimlichen. Niemals hätte ich damit gerechnet, dass sie, die normalerweise die Grenzen ihres Heimatdorfes nur in den allergrößten Ausnahmefällen überschritten, an einem normalen Wochentag den Weg in meine kleine Stadt fanden. Deshalb bemerkte ich sie erst, als meine Mutter mit offenem Mund vor mir stand und meinem Vater, der sich diskret im Hintergrund hielt, ein Zeichen gab, näher zu kommen. Er kam nicht, es war ihm sichtlich unangenehm, mich hier in unerwarteter Funktion zu sehen. Er hob nur kurz die Hand zur Begrüßung, dann betrachtete er die Tauben vor sich, als habe er einen ornithologischen Forschungsauftrag.

»Junge, was machst du denn da?«, fragte meine Mutter in weinerlichem Ton. »Läuft es denn so schlecht im Geschäft?«

Ich hörte auf zu kurbeln und das Lied fiel in sich zusammen. Es klang, als drossele man die Geschwindigkeit eines Schallplattenspielers, ohne die Nadel aus der Rille zu nehmen.

»Ich vertrete hier nur jemanden«, erwiderte ich. Ich wollte ihr die Sache erklären, doch sie unterbrach mich.

»Brauchst du Geld?«, fragte sie und kramte in ihrer Handtasche nach ihrem Portemonnaie. Sie fand es, zog einen 20-Euro-Schein heraus und hielt ihn mir hin.

»Nein, Mama, du verstehst das falsch. Ich helfe hier nur einem Mann, der in einer ... Notlage ist.«

Meine Mutter nickte. Eine kleine Träne stahl sich aus ihren Augenwinkeln, ob vor Rührung oder aus Mitleid vermochte ich nicht zu sagen. Sie schniefte, zog ein Taschentuch hervor, schnäuzte hinein und wandte sich an meinen Vater, der weitergegangen war und in etwa dreißig Meter Entfernung ein Schaufenster betrachtete.

»Es ist alles in Ordnung. Unserem Jungen geht es gut«, rief sie und ich verkroch mich ein wenig tiefer in den Mantel.

Sie sah mich an und in ihrem Gesicht spiegelte sich eine Mischung aus Entschlossenheit, Kampfgeist und Mutterstolz.

»Gut, gut«, sagte sie und gewann Haltung. »Es ist, wie es ist. Spiel, Junge, spiel. Ich werde dich unterstützen.«

Was hätte ich darum gegeben, in einer aufblasbaren Waschmaschine zu stecken. Ich konnte zwar noch nicht ahnen, was sie vorhatte, aber eines war klar: In Sachen Hilfeleistung machte meiner Mutter niemand etwas vor. Und um öffentliche Auftritte war sie auch nicht verlegen. Es gab Phasen in ihrem Leben, da führte sie alljährlich einen Karnevalsumzug in ihrem Heimatdorf durch. Allein, weil sie keine Gleichgesinnten fand, die sich ihr anschließen wollten. Um ehrlich zu sein, ganz allein war sie dabei nicht. Uns Kinder hatte sie in einen geschmückten Leiterwagen gesetzt, den sie hinter sich herzog. Wir hatten die Aufgabe, die Kopf schüttelnden Nachbarn mit »Kamelle« zu bewerfen und lautstark »Helau« zu brüllen, während sie ein Schunkellied nach dem anderen anstimmte. Sie ahnen es vermutlich: Dies ist der zweite Platz in meiner persönlichen Im-Boden-Versink-Skala.

Meine Mutter nahm also den Hut, ging auf die Passanten zu und forderte sie auf, ein Geldstück hineinzulegen.

»Spenden Sie! Für einen Menschen in Not!«, rief sie. »Engagieren Sie sich im Kampf gegen das Elend.«

Ich kurbelte wie ein Verrückter, in der Hoffnung, sie damit zu übertönen. Ich hatte keine Chance. Meinen Vater konnte ich nur noch als kleinen Punkt am Ende der Fußgängerzone ausmachen. Langsam aber stetig bewegte er sich von uns weg, drehte sich ab und zu um und ging weiter.

Meine Mutter ging in ihrer Rolle völlig auf. Vielleicht hatte sie insgeheim auf eine Möglichkeit wie diese gewartet, um all ihre Talente unter Beweis zu stellen. Denn genau das tat sie. Nachdem sie ihren Spendenaufruf aufgegeben hatte, sang sie den Refrain des Liedes mit und drehte sich mit einem imaginären Tanzpartner im Kreis. Inzwischen blieben auch einige Leute stehen, um der Performance beizuwohnen. Es konnte nicht schlimmer kommen. Also kam es schlimmer.

»I glaub, i spenn«, rief einer aus den hinteren Reihen im Publikum. »Do steckt der. Ond i wart scho seit zwanzig Minuta.«

Die Reihen teilten sich, um meinen Kunden Heribert Trageisen, Leiter des Architekturbüros Trageisen und Partner, durchzulassen. Ich schielte auf meine Armbanduhr. Er hatte Recht, meine Vertretungsaktion dauerte nun schon bereits vierzig Minuten. Die Kurbel entglitt mir, Orgel und Mutter verstummten und ich trat beschwichtigend auf meinen Auftraggeber zu.

»Mir sagt er älleweil, er isch im Schdress ond dann so ebbes«, wandte sich Herr Trageisen entrüstet an meine Frau Mama. Doch die hatte kein Ohr für ihn. Ihre Wangen glühten, gerötet vom strahlenden Schein der Aufmerksamkeit. Der Auftritt war ganz nach ihrem Geschmack und sie wollte ihn auf gar keinen Fall beenden.

»Er hilft einem Menschen in Not«, frohlockte sie in übertriebenem Tonfall, hakte sich bei meinem Kunden unter und forderte mich auf, weiterzuspielen. Ich spielte, meine Frau Mama sang und schwenkte Herrn Trageisen herum, als sei er ein Besenstiel. Die Menschen um uns herum klatschten im Takt.

Nach einer weiteren halben Stunde kam der Leierkastenmann zurück. Er sei aufgehalten worden, behauptete er und entschuldigte sich vielmals. Ich verkniff mir eine Bemerkung, obwohl ich seine Weinfahne bereits gerochen und auch die verräterischen Ketchup-Spuren in seinen Mundwinkeln entdeckt hatte. Meine Mutter stürmte auf ihn zu und rief: »Sie müssen der Pechvogel sein, dem das Schicksal so übel mitgespielt hat. Halten Sie durch, das Elend hat bald ein Ende.«

Ganz so sicher war ich mir nicht, doch er nahm von ihr den prall gefüllten Hut in Empfang und legte aus Freude darüber eine neue Walze ein. Fröhlich sang sie bei »Heute haun wir auf die Pauke« mit, forderte Herrn Trageisen nochmals zum Tanz auf und hätte sicher noch eine Weile für Stimmung gesorgt, wenn nicht ihr Handy geklingelt hätte. Mein Vater war dran, der ihr mitteilte, dass er schon nach Hause gefahren sei und dort auf sie warte.

»I fahr Sie hoim«, bot Herr Trageisen an und meine Frau Mama willigte ein. Zum Abschied zwickte sie mich in die Wange und flüsterte mir »Bist ein guter Junge« ins Ohr.

Meinen Anteil am Gewinn des Drehorgelspielers, satte zwanzig Prozent, also 9 Euro 75, legte ich in alkoholischen Substanzen an. Das war dringend nötig, ich musste mein Selbstwertgefühl anheben. Wenigstens um ein paar Promille.

Brüder und Schwestern im Rauche

Wochenlang habe ich Nikotinpflaster geklebt, bis meine Haut aussah, als wäre ich unter einer Sonnenbank eingeschlafen. Ich habe Nikotinkaugummis gekaut, bis sich meine Zunge anfühlte, als hätte ich sie mit Wasabi-Paste behandelt. Stück für Stück trainierte ich mir die Passion aus dem Leib, ersetzte sie durch gesundheitsbewusstes Denken. Und litt. Denn schwerer als der körperliche Entzug belastete mich die mentale Umorientierung. Mit dem letzten Zug aus einer Zigarette inhalierte ich den Beginn einer neuen Ära, als ich sie ausdrückte, besiegelte ich das Ende einer Epoche, die im zarten Alter von 17 begann. Zugegeben, es war reines Imponiergehabe, als ich mir den ersten Glimmstängel ansteckte. Er schmeckte abscheulich, zumal ich mir ausgerechnet Mentholzigaretten für meinen Einstieg ausgesucht hatte. Aber hier ging es nicht um den Geschmack, es ging um die Botschaft. Sie hieß: Ich bin ab jetzt einer der Coolen, die ein Recht darauf haben, sich in der Raucherecke auf dem Pausenhof herumzudrücken. Ich gehöre zu denen, die jede Fünfminutenpause zwischen den Unterrichtseinheiten nützen, um drei Stockwerke nach unten zu hechten, eine »Fluppe« zu entzünden, dreimal hastig an ihr zu ziehen und anschließend wieder nach oben in den Klassenraum zu spurten. Ich kann mich nicht erinnern, jemals sportlicher gewesen zu sein.

Dieser Gemeinschaftsakt hatte etwas von Flucht. Wir entzogen uns vor der Langeweile, die von der Handvoll Nichtraucher ausging, die in den Pausen Hebelgesetze diskutierten, die Paarbindung von Elektronen anzweifelten und sich über das perfide Liebesspiel von Wanderlurchen unterhielten. Ich wollte, ganz mentholzigarettengleich, lässige Gespräche führen. Zum Beispiel, welche Hebel in Bewegung zu setzen waren, um mit der drallen Irmi eine Paarbindung einzugehen, perfides Liebesspiel eingeschlossen.

Waren Frauen anwesend, differierten die Themen. Dann gab ich den Belesenen, sonderte pseudo-intellektuellen Unfug über »L'étranger« von Albert Camus ab, lobte die Filme von Woody Allen, von denen ich nur einen einzigen gesehen und keinen verstanden hatte, und lud zu einer Hörprobe der Neubearbeitung von »Peter und der Wolf«, mit David Bowie in der Sprecherrolle. Diese Langspielplatte war mir als ein besonders wertvolles Sammlerstück angedreht worden, was natürlich nicht stimmte, aber sie verfehlte zumindest bei einigen Damen, die uninformierter waren als ich, ihre Wirkung nicht. Bereitwillig folgten sie mir in mein Zimmer. Um die Platte zu hören. Nichts weiter. Etwas anderes wäre gar nicht möglich gewesen, denn während des Kunstgenusses durfte die Rauchsäule in unseren Händen nie ausgehen. War eine Zigarette bis zum Filter hinuntergebrannt, wurde an deren Glut die nächste angezündet. Irgendwann war der Nebel in meiner Bude so dicht, dass erst die Orientierung und damit die romantischen Gefühle von Bord gingen.

Aber darauf kam es ja auch gar nicht an. Ich hatte mir den Ruf des Kulturrauchers erarbeitet. Das war wichtig. Ich zog den Rauch tief ein, ließ ihn durch die Nase in einem gleichmäßigen Strahl entweichen oder blies Kringel in die Luft. Das hatte etwas von Serge Gainsbourg oder Jean-Paul Belmondo und, mon dieu, genauso fühlte isch misch.

Ich war Teil einer Gemeinschaft geworden und viele Jahre gingen ins Land, bis dieser Status gefährdet wurde. Nach und nach gaben meine Freunde und Bekannten ohne Angabe von

Gründen die Qualmerei auf. Einfach so, von heute auf morgen. Als eine der letzten Bastionen blieb ich standhaft, widersetzte mich diesem Trend, bis schließlich auch mein Widerstand fiel.

Und wozu nun also die ganze Qual des Abgewöhnens? Nur um in den Kneipen seit dem Rauchverbot in öffentlichen Gaststätten wieder alleine herumzusitzen, Salzstangen in den Händen hin- und herzudrehen und den Gesprächen anderer Nichtraucher zu lauschen? Die sich vielleicht nicht mehr über Hebelgesetze und Elektronenpaarbindungen unterhalten, aber ähnlich gelagerte Themen anschneiden, während draußen in den neu eingerichteten Rauchbereichen das Leben tobt und neue Bekanntschaften geknüpft werden. Brüder und Schwestern im Rauche, vereint durch die Bande der Ächtung, schmelzen in der Glut der Heizpilze zu einer Gemeinschaft zusammen, die uns Nichtraucher ausschließt. Fast bin ich geneigt, mich dem Laster wieder zuzuwenden, doch ist es wahrscheinlich, dass ich an der neuen Generation der Zigarettenautomaten scheitere, die einen Altersnachweis verlangen, bevor Geld eingeworfen werden darf.

Zum Glück lebe ich in Baden-Württemberg, das sich einmal mehr als Musterländle hervortut. In vorauseilendem Gehorsam, schließlich war man auch schon bei der Durchsetzung des Rauchverbots eines der ersten Bundesländer, denkt man hier über ein Trinkverbot in der Öffentlichkeit nach. Auch wenn sich diese Maßnahme in erster Linie gegen die Koma-Säufer richtet, die mit Billig-Fusel aus dem Discounter die restlichen Hirnzellen wegschwemmen, löst sie gleichzeitig auch mein Isolationsproblem. Denn, wenn die Raucher draußen keine alkoholischen Getränke mehr zu sich nehmen dürfen, müssen sie irgendwann wieder die Lokalität betreten. Das wiederum eröffnet uns Nichtrauchern die Möglichkeit, an ihren Gesprächen teilzuhaben. Hierzulande wird wirklich an alles gedacht. Draußen rauchen, drinnen trinken. Klarer kann man die Dinge nicht trennen. Wir können eben alles. Nur nicht, wo wir wollen.

Schraidle ermittelt: **Von allen guten Geistern verlassen**

Kommt ein Unerfahrener oder Wissbegieriger in meine kleine Stadt und will etwas über ihre Preziosen erfahren, hat er zunächst ein Orientierungsproblem. Vor allem dann, wenn er sich dazu entschließt, an einer Stadtführung teilzunehmen. Aus fast fünfzig unterschiedlichen Touren gilt es diejenige herauszufinden, die der eigenen Interessenslage am meisten entspricht: zu Lande, zu Wasser, per pedes oder mit Chauffeur, unterirdisch, überirdisch, historisch, literarisch und natürlich auch kulinarisch. Bei dieser gigantischen Auswahl kann schon im Vorfeld der Besichtigung der Informations-Gau drohen.

Seit einiger Zeit geht es in meiner kleinen Stadt auch gespenstisch zu. Leute, die ausgehen, um das Fürchten zu lernen, kommen bei einer Geisterführung auf ihre Kosten. Starke Nerven sind da gefordert, denn die Gassen sind eng und verwinkelt, überall können zu jeder Zeit Gnome, Gespenster und Unholde auftauchen, die ihren Blutdurst nur zu gern an den weißen Hälsen eingeschüchterter Touristinnen stillen. Gut für die Herren, die den bibbernden Damen den starken Arm zum Geleit antragen können, so die Ängstlichen denn alleine unterwegs sind.

Sonst droht die Bekanntschaft mit einem Gehörnten, was ebenso Furcht erregend sein kann wie ein Zusammentreffen mit Beelzebub selbst. Außerdem sei darauf hingewiesen, dass nicht jeder Kopf, der aus einem Fenster lugt, einem Komparsen gehört, der dem schaurigen Spiel die Würze leiht. Demnach sollten sich die Unerschrockenen mit Kommentaren despektierlicher Natur zurückhalten, wollen sie nicht den wahren Horror erleben: den urschwäbischen Zorn eines Anwohners.

In letzter Zeit sind diese Geistertouren ins Rampenlicht der Medien geraten. Zeitungsberichten zufolge verschwanden während dieser Führungen Menschen. Einzelne nur, die am nächsten Morgen wieder auftauchten, jedoch keine Angaben über ihren Verbleib in den nächtlichen Stunden machen konnten. Die Befragten machten einen verstörten, benommenen Eindruck, ein paar wenige klagten über stechende Schmerzen im Hinterkopfbereich. Sonst jedoch blieben sie körperlich unversehrt und auch Verluste von Brieftaschen oder anderen Wertsachen gab es nicht zu beklagen.

Diese Fälle seien inszeniert, ein geschmackloser Bestandteil einer PR-Kampagne, behauptete ein lokales Blatt. Ein anderes vermutete, es handele sich um Vergeltungsaktionen genervter Nachbarn, die ihre nächtliche Ruhestörung nicht mehr ungesühnt hinnehmen wollen. Die Tageszeitung mit den sehr großen Buchstaben ging noch weiter: Die Opfer seien von Außerirdischen auserwählt, ins All verschleppt und dort einer medizinischen Untersuchung unterzogen worden. Der Kopfdruck rühre von befestigten Elektroden, die zum Zwecke der Hirnstrommessungen angebracht worden seien.

Es wunderte mich sehr, dass sich der Experte für Abstruses aller Art namens Schraidle in diesem Fall merkwürdig ruhig verhielt. Normalerweise war ein Vorkommnis wie dieses ganz nach seinem Geschmack. Als sich die Fälle häuften, beschloss ich, ihn zu befragen. Ich traf ihn am Taxistand, an dem er auf Kunden wartete. Er stand mit dem Rücken gegen den Wagen gelehnt und las Zeitung. Auf dem Titelblatt war das Konterfei eines Mannes mit langen Haaren und einem dichten Rauschebart zu sehen. Eine Überschrift in großen Buchstaben verriet, dass es sich um ein weiteres UFO-Opfer handelte.

»Aus Bert wurde All-Bert« stand da zu lesen.

Ich baute mich vor dem Taxifahrer auf, der mich keines Blickes würdigte, und tippte mit dem Zeigefinger auf die Überschrift.

»Komische Sache, das mit den Entführungen. Oder?«

Er sah kurz von seiner Lektüre hoch, zuckte mit den Schultern, schüttelte das Papier zurecht und las weiter.

»Ich meine, was haben die Täter davon, wenn sie unschuldige Touristen entführen? Wer macht so etwas?«

Schraidle faltete langsam die Zeitung zusammen, warf sie durch das offene Seitenfenster auf den Fahrersitz, verschränkte die Arme vor dem Oberkörper und sah mich schweigend an.

»Oder glauben Sie an den UFO-Quatsch?«, bohrte ich weiter. »Wenn die grünen Männchen in der Stadt wären, hätten Sie das doch sicher längst bemerkt. Oder hören Sie keinen Polizeifunk mehr?«

Die letzte Bemerkung brachte Bewegung in die Sache. Er errötete und warf mir einen grimmigen Blick zu.

»Womöglich wird unsere kleine Stadt schon bald von Astrobiologen heimgesucht, die hier einen Kongress abhalten und den Kontakt zu extraterrestrischen Wesen suchen. Daraus könnte man doch ein Riesengeschäft machen. Wie wär's, Herr Schraidle?«

Ich stupste ihn mit dem Ellenbogen an und lachte. Seine Mundwinkel zuckten, als wolle er etwas erwidern und halte sich nur mühsam zurück.

»Oder stecken Sie mit den Außerirdischen unter einer Decke?«

»Awa, des isch doch älles Humbug. Wie kammer denn aus so ner kloina Gschicht so ein Riesenterz macha?«, platzte es aus ihm heraus.

Er muss den Triumph in meinem Gesicht ob meiner richtigen Ahnung gelesen haben, denn im nächsten Moment schlug er die Hand vor den Mund und riss die Augen weit auf. Er zappelte an meinem Haken.

»Sie wissen also mehr. Raus mit der Sprache.«

Er schüttelte den Kopf, noch immer verschloss seine Hand die Lippen.

»Sie sagen mir jetzt sofort, was los ist. Sonst rufe ich in meiner Redaktion an und behaupte, Sie stecken hinter dieser Sache.«

»Des schdemmt aber gar net. Die Idee war vom Hubert.«

Erneut verzog er das Gesicht, als habe er in eine Zitrone gebissen.

»Sapperlott, dass i mei Gosch net halda kann.«

Ich rieb mir die Hände. Das hörte sich zum ersten Mal nach einer guten Geschichte an, die im Zusammenhang mit Schraidle stand.

Nach Einbruch der Dunkelheit trafen wir uns an verabredeter Stelle und versteckten uns in einem dunklen Hauseingang, an dem die Geisterführung vorbeikommen sollte. Ab und zu ging das Licht im Treppenhaus an. Vielleicht ein Bewohner, der vergessen hatte, seinen Briefkasten zu leeren, oder ein

Durstiger, der in den Keller ging, um Befeuchtung für die trockene Kehle zu holen. Da wir jederzeit damit rechnen mussten, dass jemand die Haustüre öffnete, richteten wir uns auf, streckten uns, lobten die laue Nacht und den Sternenhimmel, benahmen uns also so betont unverdächtig, dass es fast schon verdächtig klang. Sobald das Licht wieder erlosch, kehrten wir in unsere unbequeme Lauerstellung zurück.

»Do kommat se«, sagte Schraidle, nachdem wir eine halbe Stunde ausgeharrt hatten. Meine Beine waren inzwischen taub, meine Knie schmerzten und mein Rücken sandte die unheilvolle Nachricht, ab nun gekrümmt bleiben zu wollen. Ungefähr dreißig Menschen folgten einem Mann, der eine Mönchskutte trug und mit einem langen gebogenen Stab, den eine Totenkopfschnitzerei zierte, einen unheimlichen Takt vorgab. Die Führungsteilnehmer unterhielten sich leise, einige kicherten. Sie zogen an uns vorbei und stoppten nach zwanzig Metern. Der Mönch hielt seinen Stab in die Höhe und rief: »Hört den Gesang von Genoveva! Ein armes Mädchen, das bei lebendigem Leibe vom Vater in ein Kellergewölbe eingemauert wurde, da sie nicht willens war, den von ihm Auserkorenen zum Ehemann zu nehmen.«

Kaum hatte er mit seiner Erklärung geendet, erklang weiblicher Wehgesang. Aus einer Nische huschte eine weiße Gestalt hervor, blieb vor den Staunenden stehen, breitete die Arme weit aus, heulte laut auf und verschwand. Eine junge Frau schrie auf vor Schreck, einige zuckten zusammen.

»Ihr Geist bleibt auf ewig in der Stadt gefangen. Doch manchmal ...«, der Mönch machte eine Pause, um seinen Worten schauriges Gewicht zu verleihen, »... holt sie sich einen Jüngling, um ihr Verlangen zu stillen.«

Genoveva huschte aus ihrem Versteck hervor, hängte sich an den Arm eines Touristen, zerrte ihn aus der Gruppe und knurrte wie eine Bestie. Sie legte ihre bleichen Finger um seinen Hals, während der junge Mann gute Miene zum bösen Spiel machte. Die anderen Teilnehmer wussten ebenso wenig, wie sie reagieren sollten. Einige lachten unsicher, während andere ihre Gesichtsfarbe verloren und versuchten, von der wild Gewordenen Abstand zu gewinnen. Noch bevor Genoveva ihre langen dolchartigen Zähne in das Fleisch des Opfers bohren konnte, hielt der Mönch den Totenkopf-Stab über sie und brüllte: »Genoveva weiche.«

Genoveva ließ von dem Jüngling ab, fauchte und stieß mit dem Kopf nach dem Mönch. Aber sie wich und gab noch einmal ein durch Mark und Bein dringendes Jaulen von sich. Ein Fenster über den Geisterjägern öffnete sich.

»Ond ihr machet au, dass ihr weiter kommat. Sonsch komm i ronder«, schrie ein Mann, dessen zerzauste Frisur verriet, dass er bereits geschlafen hatte. Die gruselige Grundstimmung war dahin. Erleichtertes Gelächter brandete auf, die Gruppe zog weiter.

»So. Auf geht's. Mir missat hinterher«, gab Schraidle das Signal zum Aufbruch. Ächzend rappelte ich mich auf.

In gebührender Entfernung folgten wir der Tour, die sich schnell entfernte. Einige konnten mit dem Anführer Schritt halten, doch es gab auch Teilnehmer, die mit geläuterten Mienen die Atmosphäre der altertümlichen Gemäuer in sich aufsogen, langsamer wurden und die Gruppe dadurch aus den Augen verloren.

»Jetzt passet Se uff«, flüsterte Schraidle und hielt mich fest. Ein kleiner Mann, in einen dunklen Umhang gewandet, trat aus einer Nebengasse und stellte sich den Nachzüglern in den

Weg. In der Hand trug er eine Laterne, in deren Innern eine Kerze bizarre Lichteffekte aussandte, die von den Hauswänden aufgefangen wurden. Sein Gesicht unter der Kapuze lag in einem tiefen Schatten, der nur die Konturen freiließ und den Rest in Schwärze hüllte. Der Düstere hob seine knochige Hand und wies auf die Gasse, aus der er gekommen war.

»Folget mir«, hauchte er und die Gruselfans ließen sich nicht lange bitten.

»Wo gehen die denn hin?«, fragte ich. »Die anderen sind doch geradeaus gelaufen.« Schraidle nickte.

»Mr könnt sage, hier beginnt die Ekschdra-Tour.«

Ich kam nicht dazu, ihn um die Auflösung seiner kryptischen Andeutung zu bitten. Wir hechteten dem Kleinwüchsigen hinterher, um nicht den Anschluss zu verlieren. Das Männlein durchquerte im Zickzackkurs die Altstadt, nahm Abkürzungen über Hinterhöfe, ließ keine Gasse aus und blieb schließlich vor einem Efeu bewachsenen Fachwerkgebäude stehen. Er trat an ein Holztor und betätigte einen schweren eisernen Klopfring. Die Tür schwang mit einem kreischenden Quietschlaut auf und gab den Blick auf eine steile, in die Tiefe führende Treppe frei. Mit einer Knochenhand-Geste wies das Männlein seine Opfer an vorzugehen. Er wartete, bis auch die letzte Person im dunklen Schlund des Gemäuers verschwunden war, blickte sich noch einmal um, dann zog er die Tür hinter sich zu.

»Und jetzt?«, erkundigte ich mich.

»Mir sen zwar a bissle früh dran, aber jetzt ganget mir au nei«, antwortete Schraidle. Mit federnden Schritten wippte er auf das Tor zu, ließ den Klopfring auf das Holz krachen. Nichts rührte sich. Noch einmal donnerte das Einlassbegehren Schraidles durch die Nacht. In einigen Fenstern über uns wurde das Licht angeknipst. Es war eine Frage der Zeit, bis sich die ersten Köpfe herausschieben würden, um uns Ruhestörer zur Ordnung zu rufen.

Von innen drehte sich ein Schlüssel im Schloss. Die Tür öffnete sich einen Spalt und der schmale Schädel des Kapuzenmännleins schob sich heraus. Er musterte uns und verzog den Mund, als hätte er zwei überdimensionale Grottenolme vor sich.

»Was willsch denn du scho? Mir hen grad erschd ogfange.«

Er wollte das Tor schon wieder schließen, doch Schraidle schob seinen Fuß zwischen Tür und Rahmen.

»Mit was haben Sie eben erst angefangen?«, fragte ich.

Hubert sah erst mich und dann Schraidle an.

»Was isch denn des für oiner?« Der Kauz geriet in Rage und zerrte an der Tür und erhöhte damit den Druck auf Schraidles Fuß. Der Taxifahrer ließ sich nicht beirren und dachte nicht daran, ihn zurückzuziehen.

»Jetzt lesch ons erschd mol nei, dann erklär i dir älles«, versuchte er zu schlichten. »'s isch nämlich heit onser letschde Tour.«

Des Männleins Augen verengten sich zu Schlitzen. Es stieß das Tor auf, das quietschend den Zugang freigab, und wir traten ein. Sofort drang muffige Feuchtigkeit in meine Nase und beschwerte mir das Atmen. Der scharfe Geruch von Vergorenem und Tabakqualm mischte sich unter. Mit jeder weiteren Stufe intensivierte sich das olfaktorische Zusammenspiel, bis wir schließlich in einem hallenartigen Kellergewölbe ankamen, das mit einfachen Holztischen und Stühlen gefüllt war. Am hinteren Ende füllte ein Tresen die gesamte Breite des Raumes aus. Dort saßen die Entführten auf Barhockern und sprachen dem Wein zu, der in großen Glaskaraffen vor ihnen stand. Sie winkten, lachten und riefen uns Begrüßungsformeln zu, die im Stimmendurcheinander nicht zu entwirren waren.

»Kommet die andere au no?«, fragte einer.

»Ha freilich«, antwortete das Männlein eilig, bevor wir etwas anderes behaupten konnten.

»Der Hubert, des isch koi Dubbel«, sagte Schraidle zu mir. »Den Keller könnt er unter dr Woch zulassa, wenn's die Geischderführung net gebba dät.«

Hubert zog seinen Umhang aus und hängte ihn an einen Garderobenhaken. An ihm war nun gar nichts mehr zum Fürchten. Im Gegenteil: Ohne seine Verkleidung wirkte er zerbrechlich und auf Spott programmiert. Er nickte in meine Richtung.

»Isch der von dr Bolizei?«

Schraidle schüttelte den Kopf.

»Ha noi. Von dr Zeidung. Aber koi Sorg, der schreibt nix. Des hot'r mr versprocha.«

Dies war ein Novum in unserer Beziehung. Zum ersten und vermutlich auch zum letzten Mal hatte mich der Taxifahrer ausdrücklich darum gebeten, nichts über diesen Fall verlauten zu lassen.

»Aber nur, wenn Sie mich aufklären«, ergänzte ich.

Wir nahmen an einem Tisch Platz. Hubert gab der jungen Dame am Tresen ein Zeichen und kurz darauf stellte sie eine große Karaffe und drei Gläser auf den Tisch. Schraidle winkte ab.

»Au noi, für mi net. I muaß ja no fahre. Wenn die Leut so weit sen.« Die Kellnerin lachte, nahm sein Glas vom Tisch und ging zur Theke zurück. Hubert schenkte ein und nahm einen Schluck. Er starrte mit leerem Blick an uns vorbei und begann.

»Viel zom erkläre gibt's do net. Früher war die Geischder-Tour bei mir em Keller zu Ende. Aber no wollt der Schofseggel ...«

»Der Mönch«, ergänzte Schraidle.

»... also der wollt plötzlich a Beteiligung am Umsatz. Sonsch goht'r woanders no, hot er gsagt.«

»Und Sie wollten ihn nicht beteiligen«, resümierte ich. Hubert schüttelte den Kopf, leerte sein Glas und goss nach.

»Ha noi, was dengt denn der. So viel isch do au net verdient.«

Vom Tresen schallte lautes Gelächter herüber. Die Entführten genossen ihren Abschluss der Tour. Schließlich ahnten sie ja nicht, dass ihr Besuch im Keller nicht zur ursprünglich gebuchten Führung gehörte. Es schien sie auch nicht zu stören.

»Der Manne vom Alde Kruag, der zahlt em ebbes. Also brengt er die Leid do no. Des isch doch a Sauerei, oder?«

Er leerte sein Glas erneut und schenkte abermals nach.

»Ond weil der Hubert koi Bleder isch, macht er einigen Teilnehmern ein unverbindliches Alternativ-Angebot«, mischte sich Schraidle ins Gespräch. »Ond dafir, dass die koin Wei vertraget, aber saufet wie die Ochsa, dafir kann ja der Hubert nix.«

Das Männlein grinste schelmisch.

»Mir hen au an sauguada Treschder. Wie wär's?«

Ich nickte, Schraidle lehnte ab. Er beobachtete die Gruseltourteilnehmer, denen der Wein deutlich zusetzte.

Die Stimmen wurden immer lauter, während die Verständlichkeit der Worte immer mehr nachließ. Ich stupste den Taxifahrer an.

»Und Sie fahren die Leute nach Hause, wenn sie nicht mehr stehen können, stimmt's?«

Er nickte langsam und verschränkte die Arme vor seiner Brust.

»Ha ja, mr muss gucka, wo mr bleibt. Oder net?«

Hubert brummelte Zustimmung, während ich meinen Blick fassungslos in der rubinroten Flüssigkeit im Glas versenkte.

»Wenn dieser blede Hond, der Mönch, net bei der Zeidung angrufa hätt, wär des nie rauskomma«, schob der Kneipier nach. Er seufzte und orderte bei der Kellnerin eine neue Karaffe Wein.

Minutenlang saßen wir schweigend da und grübelten, wie es weitergehen konnte. Am Tresen fiel unter dem tosenden Geschrei der anderen ein Mann vom Hocker. Das Mädchen versuchte, ihn auf die Beine zu bringen, doch sie war nicht kräftig genug. Sie zerrte an seinen Armen, doch der Körper des Volltrunkenen bewegte sich keinen Millimeter.

»I glaub, i muaß glei los«, sagte Schraidle. »I hol scho mol dr Wage.«

Während der Taxifahrer sich auf seinen Einsatz vorbereitete und sein Gefährt startklar machte, hatte ich die rettende Idee. Hubert war sofort begeistert und natürlich brauchten wir keinerlei Überredungskünste, um auch Schraidle in »unser Boot« zu holen.

Seit letzter Woche gibt es also eine weitere Führung in meiner kleinen Stadt. Sie führt direkt ohne Umwege und ohne Erläuterung kultureller Eckpfeiler in Huberts Keller, der jetzt »All« heißt. Mit dem Slogan, der die Route bewirbt, habe ich jedoch nichts zu tun. Ich halte den Spruch »Genießen Sie Sternstunden im All: Trinken bis zur Schwerelosigkeit. Und dann im Großen Wagen nach Hause« sogar für moralisch verwerflich. Aber der Lenker des Großen Wagens, der ja in allen literarischen Breitengraden zu Hause ist, meinte, das sei »sauglatt ond brengts auf dr Punkt«. Na denn: Wohl bekomms.